橫溝正史 傑作之一

YOKOMIZO SEISHI

張智淵 譯

蝴蝶殺人事件

CHOCHO SATSUJIN

JIKEN 05

日本推理大師經典

蝴蝶殺人事件

橫溝正史

CONTENTS

目錄

出版緣起／

日本推理大師，永不墜落的熠熠星團

／編輯部

一九二三年，被譽為「日本推理之父」的江戶川亂步推出〈二分銅幣〉之後，日本現代推理小說正式宣告成立。若包含亂步之前的黎明期，此一文類經過了將近百年的漫長演化，至今已發展出其獨步全球的特殊風格與特色，使日本成為最有實力的推理小說生產國之一，甚至在同類型漫畫、電影與電腦遊戲的推波助瀾之下，日本著名暢銷作家如桐野夏生、宮部美幸等也已躋進亞洲、歐美市場，在國際文壇上展露光芒，聲譽扶搖直上。

我們不禁要問，在新一代推理作家於日本本國以及台灣甚或全球取得絕大成功的背後，有哪些強大力量的支持、經過哪些營養素的吸取與轉化，能夠在競爭激烈的國際舞台上掙得一席之地？在這些作家之前，曾有哪些重要的作家精耕此一文類、獨領當時風騷，無論在形式的創新或銷售實績上都睥睨群雄、立下典範、影響至鉅？而他們的努力對此一文類長期發展的貢獻為何？此外，日本推理小說的體系是如何建立的？為何這番歷史傳承得以一代又一代地開發出一批批忠心耿耿的讀者，並因此吸引無數優秀的創作者傾注心血，人才輩出？

為嘗試回答這個問題，商周出版在經過縝密的籌備和規劃之後，於二〇〇六年年初推出全新書系「日本推理大師經典」系列，以曾經開創流派、對於後輩作家擁有莫大影響力的作家為中心，由本格推理大師、名偵探金田一耕助及由利麟太郎的創作者橫溝正史，以及社會派創始者、日本文壇巨匠松本清張領軍，帶領讀者重新閱讀並認識在日本推理史上留下重要足跡的作家，如森村誠一、阿刀田高、逢坂剛等不同創作風格的重量級巨星。

日本推理百年歷史，從本格派到社會派，到新本格、新新本格的宣言及開創，眾星雲集，但跨越世代、擁有不朽魅力的巨匠們，永遠宛如夜空中璀璨耀眼的星團熠熠發亮，炫目不墜。

商周編輯部期待能透過「日本推理大師經典」系列的出版，讓所有熱愛或即將親近日本推理小說的讀者，親炙大師風采，不僅對於日本推理小說的歷史淵源有全盤而深入的理解，更能從經典中讀出門道、讀出無窮無盡的趣味。

導讀／解謎推理小說大師・橫溝正史

傅博

八十多年來的日本推理文壇有三大高峰，就是日本推理小說之父江戶川亂步、本格派解謎大師橫溝正史和社會派大師松本清張。

這三位，各自確立自己的創作形式，影響了之後的推理小說的創作路線。

江戶川亂步於一九二三年，在《新青年》月刊發表〈兩分銅幣〉，獲得年輕讀者肯定，之後，陸續發表了具歐美推理小說水準之作品，為日本推理小說奠定了基礎。

話須從江戶川亂步向《新青年》投稿前夕說起。

《新青年》創刊於一九二〇年一月，其創刊主旨是鼓吹鄉村青年到海外發展的啟蒙雜誌。編輯這類綜合雜誌的慣例，除了主要論文或相關報導之外，都刊載一些附錄性的消遣文章，《新青年》所選擇的是歐美之新興文學，就是推理小說。主編森下雨村是英文學者，知悉歐美推理小說，對於每期刊載的作品，都附有詳細的作家介紹和作品欣賞的導讀，幫助讀者欣賞推理小說。

同時為了鼓勵推理小說的創作，舉辦了四千字的推理小說徵文獎，同年四月即發表第一屆得獎作品，八重野潮路（本名西田政治）之〈蘋果皮〉。之後不定期發表得獎作品，橫溝正史的處女作〈恐怖的愚人節〉是翌年（二一年）四月的得獎作品。

《新青年》雖然提供了推理小說的創作園地，其水準與歐美作品相比較，還是有一段距離，對讀者發生不了影響力，須待四年後，江戶川亂步的登場。其原因不外是徵文字數太少。看穿了四千字是寫不成完整的推理小說之推理小說迷江戶川亂步，寫好〈兩分銅幣〉和〈兩張票〉兩短篇，直接寄給森下雨村，看完兩作品後，森下疑為是歐美的翻案小說。

所謂的「翻案小說」，是指保留歐美文學作品原有的故事情節，而把時空背景移植到日本，登場人物改為日本人之小說。明治維新（一八六八年）以後的大眾讀物，很多這類改寫小說。

森下雨村把這兩篇作品交給知悉歐美推理小說的醫學博士小酒井不木判斷，徵求其意見，〈兩分銅幣〉終於獲得發表機會，三個月後〈兩張票〉也在《新青年》列出。《新青年》由此積極培養作家，刊載創作推理小說。創作與翻譯作品並駕齊驅，成為《新青年》的賣點，鼓吹青年雄飛海外的文章漸漸匿跡，名符其實，成為推理小說的專門雜誌。

橫溝正史出道雖然比江戶川亂步早兩年，但是著力推理創作是一九二五年以後，而要確立解謎推理小說方法論，須待到二十年後的一九四六年。

橫溝正史，一九〇二年五月二十四日，生於神戶市東川崎。小學六年級時閱讀了三津木春影之翻案推理小說《古城的秘密》後，被推理小說迷住。一九一五年考入神戶二中，結識西田德重，他也是推理小說迷，兩人時常一起逛舊書店，尋找歐美推理雜誌來閱讀。二〇年中學畢業後，在銀行上班。這年秋天西田德重死亡，而認識其哥哥西田政治，他就是上述《新青年》懸賞小說的第一屆得獎者。橫溝正史受其影響，開始撰寫推理小說應徵《新青年》後效，翌年二一年三次得獎，四月處女作〈恐怖的愚人節〉獲得一等獎、八月〈深紅的秘密〉獲得三等獎、十二月〈一把小刀〉獲得二等獎。同年四月考入大阪藥學專門學校。

一九二四年三月藥專畢業後，在家裡幫忙父親所經營的藥店，業餘撰寫推理小說。翌年二五年四月與西田政治會見江戶川亂步，而加入推理作家所組織的親睦團體「探偵趣味之會」。之後積極地在《新青年》發表作品。十一月與江戶川亂步去名古屋拜訪小酒井不木。一九二六年六月出版處女短篇集《廣告娃娃》。同月因江戶川亂步的慫恿上京，到《新青年》編輯部上班，翌年五月接任主編。隔年轉任《文藝俱樂部》主編。

發行《新青年》的博文館是戰前二大出版社之一，所發行的雜誌很多，有綜合雜誌《太陽》、文藝雜誌《文藝俱樂部》、少年雜誌《譚海》等等。《新青年》創刊後，歐美推理小說獲得支持後，博文館立即把《新文學》雜誌更名改版為《新趣味》（二二年一月），專門刊載歐美推理小說，並舉辦推理小說徵文。其壽命雖然不到二年，於二三年十一月停刊，其精神卻於三一年九月創刊的《探偵小說》繼承，首任主編即是橫溝正史。

一九三二年七月辭職，成為專業作家。主編雜誌時期的作品不少，作品內容大多是具幽默氣氛的非解謎為主的推理短篇，和記述兇手犯案經緯為主題的通俗推理長篇。

一九三三年五月七日，因肺結核而喀血，七月起在富士見療養所療養三個月，翌年（三四）年春，身為《新青年》主編，也是推理作家的水谷準以友人代表，勸橫溝正史停止執筆一年，以及易地療養，七月搬到信州上諏訪療養。

療養後，橫溝正史改變作品風格，充滿江戶時代的草雙紙趣味。江戶時代是指明治維新前，德川幕府所統治（一六〇三～一八六七年）的時代，「草雙紙」是江戶時代初期圖文並茂的大眾讀物之總稱，視其內容以封面顏色分為赤本、黑本、青本、黃表紙四類和長篇之合卷。內容有諷刺、滑稽等輕鬆系列，和怪奇、幻想、耽美等異常系列。橫溝正史的草雙紙趣味是指後者。橫溝正史之戰前代表作，〈鬼火〉、〈倉庫內〉、〈蠟人〉等，都是具有草雙紙趣味的耽美主義作品。

一九三六年以後，橫溝正史的作品產量驚人。因第二次世界大戰，從三九年起，日本政府禁止舶來的推理小說之創作後，橫溝正史致力撰寫稱為「捕物帳」的時代推理小說，和具有推理小說氣氛的現代小說，其產量仍然驚人。

一九四五年八月，第二次世界大戰終結，變成廢墟的日本，一切從頭出發。《新青年》雖然於二月廢刊，十月立即復刊，但是，因大戰中積極參與推動國策的博文館，被GHQ（聯合軍總司令部——統治敗戰國日本到一九五二年）解體，分成幾家小出版社。因此，《新青年》雖然三次更改出版社，卻挽不回往年榮光，五〇年七月從歷史舞台消失。

一九四六年新創刊的推理雜誌有五種，即三月之《寶石》和《LOCK》、四月之《Top》、七月之《Profile》、十一月之《探偵讀物》。翌年（四七年）即有七種新推理雜誌誕生，即一月之《黑貓》、《真珠》和《探偵小說》、七月之《妖奇》、十月之《G men》和《Windmill》、十一月之《Whodunit》。這些雜誌都是月刊，雖然當時因印刷紙張缺乏，不能定期發行，但是想像當時可看到這十三種推理雜誌排在一起，只要想像這樣的豪華場面，就可知戰後日本推理小說復興之快速。而領導戰後推理文壇的，就是《寶石》。其中堅作家就是江戶川亂步（精神領袖）和橫溝正史（創作路線）。

《寶石》創刊號就讓橫溝正史撰寫連載小說。橫溝正史交給編輯部的作品，就是《本陣殺人事件》。

本陣是江戶時代的高級人士，所住宿的驛站旅館，經營者都是當地的名門。明治維新後，本陣不一定繼續營業，但是其一族仍是該地的豪門。

殺人事件發生於一九三七年十一月二十五日，岡山縣某村本陣之一柳家。戶主是五十七歲的糸子夫人，她生育三男二女。這天是四十歲的長男賢藏舉辦婚禮之日，婚宴後，新郎和新娘進洞房，這時候下著雪，四點十五分從洞房傳出新娘久保克子的尖叫聲音。因洞房呈密室狀態，傭人破門而入，發現新郎新娘已被殺，這時候雪已停，兇器之日本刀插在庭院的雪地上，但是沒有任何腳印，構成雙重密室殺人事件。

正好，這時候在東京開業偵探事務所之金田一耕助，來到岡山拜訪恩人久保銀造。金田一由此有機會參與辦案，他勘查犯罪現場和庭院後，便很邏輯地解開密室之謎團，揭破事件真相。是日本三大名探之一的金田一耕助誕生的一瞬間。另外兩位名探是江戶川亂步塑造的明智小五郎，和高木彬光筆下的神津恭介。他們都是職業偵探。

在本書，作者如下介紹金田一耕助。一九一三年於日本東北之岩手縣鄉村出生的金田一耕助，盛岡中手畢業後，抱著青雲大志上京，寄宿在神田，在某私立大學念書不到一年，對日本之大學教育失望，放棄學業去美國。到了美國之後，美國好像也不是他想像中的理想社會，他在餐廳打工洗碟子，過著無賴的生活。由於好奇心被痲藥吸引，吸毒成癮的金田一，在偶然的機會下，解決了在舊金山發生的日僑殺人事件，引起當地日本人注意，成為英雄。

久保銀造在岡山經營果樹園很成功。他想擴充事業而來美國，在某日僑聚會上，認識了金田一，他勸金田一戒毒，並資助他去大學念書。金田一耕助於三年後之一九三六年學畢，歸國拜訪久保銀造，久保資助金田一在東京日本橋開設偵探事務所。半年後在大阪解決了重大事件後，來到岡山度假，而碰到本陣的命案。

橫溝正史如此塑造了一名推理能力超人非凡，人格卻非完整的英雄，讓讀者有一種親密感。二次大戰中，金田一入伍，到中國大陸、菲律賓、印尼等地打戰，一九四六年復員回國，戰後之金田一耕助探案待後續說。

橫溝正史發表《本陣殺人事件》第一回之後，同年四月，在《LOCK》開始連載《蝴蝶殺人事件》。命案也是發生於一九三七年，比本陣命案早一個月之十月二十日，地點是大都會大阪。馳名國際的歌劇家原櫻女士，在東京歌劇演出之後，前往大阪的途中失蹤，翌日其屍體被裝在低音大提琴的琴箱裡，送到大阪的演出會場。

本篇的架構比較複雜，作者設定新聞記者三津木俊助，為某出版社撰寫推理小說。序曲寫他想把戰前在大阪發生的歌劇家殺人事件小說化，到東京郊外之國立（地名），拜訪解決此事件的名探由利麟太郎之允許的經過。第一章至第四章即以原櫻之經紀人土屋恭三的手記形式，記述事件發生前後時歌劇團員的行動，第五章至第二十章改由三津木俊助記述由利麟太郎的辦案經緯，終曲是三津木寫完原稿後再次拜訪由利，以兩人的對話方式，由由利直接說明推理經過。

由利麟太郎是橫溝正史創造的偵探，一九三六年五月發表的中篇〈妖魂〉（之後改為〈石膏美人〉）首次登場。一九〇二年出生，曾任東京警視廳搜查課長，因廳內的政治鬥爭而辭職，一時去向不明，偶然的機會認識新聞記者三津木俊助後，重出江湖。警方無法破案的事件，由三津木收集資訊，由利根據所收集的資訊，以消去法遂一消除不適合犯案人物，最後推理出兇手。包括由利未登場，三津木單獨破案之故事，「由利、三津木系列」的長短篇合計有三十三篇，故事內容大多屬於重視懸疑、驚悚的通俗作品。《真珠郎》、《夜光蟲》、

《假面劇場》等長篇是也。《蝴蝶殺人事件》則是「由利、三津木系列」的代表作。

橫溝正史除了塑造金田一耕助和由利麟太郎二位名探之外，還塑造了八名偵探，但是他們不是現代的偵探，而是江戶時代的捕吏。凡是明治維新以前為時代背景之推理小說，皆稱為捕物小說或捕物帳，近幾年來又稱為時代推理小說。

時代推理小說的寫作形式是日本唯有，其起源比江戶川亂步之〈兩分銅幣〉早六年。一九一七年岡本綺堂（劇作家、劇評家、小說家）所發表之《半七捕物帳》第一話〈阿文之魂魄〉為其原點。作者執筆《半七捕物帳》的動機是，欲塑造日本版福爾摩斯——半七，同時想把故事背後之江戶（現在之東京）的人情、風物籍故事的進展留給後世。之後，很多作家模仿《半七捕物帳》形式，創作了多姿多彩的捕物小說。按其內容，可分為執重人情、風物的，與以謎團、推理取勝的兩系統。

橫溝正史所塑造的江戶捕吏中，最有名的是佐七（明治維新以前，平民只有名字，沒有姓）。佐七，一六二九年於江戶神田阿玉池出生。父親傳次也是捕吏，他有兩名助手，辰和豆大。他因皮膚很白而英俊，很像娃娃，周圍叫他為「人形（娃娃之意）佐七」。人形佐七為主角的捕物帳，大約有二百篇（短篇為多），合稱「人形佐七捕物帳」，屬於推理、解謎取勝的系列作品。

佐七之外，橫溝正史筆下的江戶捕吏，還有不知火甚左、鷺十郎、花吹雪左近、緋牡丹銀次、左一平、朝彥金太、紫甚左等。其中除了不知火甚左和人形佐七之外，都是一九三九年政府禁止撰寫推理小說之後所塑造的。

話說戰後，《本陣殺人事件》的成功，不但決定了今後之橫溝正史的解謎推理路線，並明確地為戰後日本推理小說確立新路線，一直到一九五七年，松本清張之社會派推理小說登場前夕。這段期間，日本推理文學的主流是解謎推理，其領導者就是橫溝正史。

戰後的橫溝正史與以往不同，一直以金田一耕助之傳說作者自許，為他寫了近八十篇的探案，其中四分之一以上是長篇。由此可窺見橫溝正史之旺盛的創作能力。橫溝正史的代表作集中於金田一耕助探案。

《獄門島》（一九四七年一月至四八年三月，在《寶石》連載，一九年五月出版單行本）。一九四六年初秋，金田一耕助從戰地回來，九月初就到東京都心之市谷，替陣亡的戰友解決戰前發生的無頭公案後，九月下旬來到瀨戶內海上的離島——獄門島。其目的也是在歸國的船上，受即將死亡的戰友鬼頭千萬太之託。千萬太是鬼頭本家之長男，他有三個妹妹——月代、雪枝、花子。

金田一耕助在往獄門島的渡船上，認識千光寺的了然和尚，得知鬼頭本家的先代死亡後，其家務事由了然和尚、荒木村長和中醫師村瀨幸庵三人合議處理。十月五日，舉行千萬太葬禮時，花子失蹤，晚間發現其屍體被吊在千光寺庭院的古梅樹上。其後，雪枝被殺，屍體藏在放在路旁的大吊鐘內，月代也被殺，屍體周圍佈滿胡枝子的花瓣。

兇手為何殺人後，需要這樣佈置屍體，成為連續殺人事件的謎團。金田一耕助發現是比擬俳句（日本獨自的定型詩）的殺人事件。那麼其動機是什麼？兇手是誰呢？

《獄門島》在各種推理小說傑作排行榜，都入圍前五名（排名第一的也不少）。筆者認為是日本推理小說史上之最高傑作。不可不讀。

《惡魔來吹笛子》（一九五一年十一月至五三年十一月，在《寶石》連載後，一九五四年出版單行本）。一九四七年一月十五日，東京銀座的天銀堂珠寶行內，發生大量毒殺事件，死者達十人。三月一日「惡魔來吹笛子」的作曲者椿英輔失蹤，四月十四日發現其屍體，之後被認定為自殺。幾天後，椿英輔的女兒美彌子，帶著英輔的遺書來拜訪金田一耕助。並告訴金田一，她認為向警察當局告密說「天銀堂毒殺事件的兇手是椿英輔」的是椿公館的三名同居人——三島東太郎、新宮利彥、玉虫公丸，之中一人。不久玉虫和新宮相繼被殺害……

橫溝作品的殺人動機，很多是血統、血緣問題。本書不但不例外，問題還很嚴重，很陰慘。雖然不是一部純粹的解謎推理小說，卻是一部值得閱讀的傑作。

「金田一耕助探案」除了上述三長篇之外，還有《夜行》、《八墓村》、《犬神家一族》、《女王蜂》、《三首塔》、《惡魔的手毬歌》、《假面舞踏會》、《病院坡的上吊之家》（按發表順序排行）等傑作。

日本解謎推理小說到了一九五〇年代初，即開始衰微，一九五七年，松本清張出版《點與線》和《眼之壁》，確立社會派後，既成作家漸漸失去創作園地，有的不得不停筆，橫溝正史也很少發表作品。到了一九七〇年代初，探偵小說（指一九五七年以前之推理小說）的重估運動，使橫溝正史的作品復活，重新獲得不勝計數的讀者。

橫溝正史於一九四八年，以《本陣殺人事件》獲得第一屆探偵俱樂部長篇獎（現在之日本推理作家協會獎）之外，一九七六年日本政府授與勳三等瑞寶章。一九八一年十二月二十八日逝世，享年八十歲。

二〇〇六年一月二十日

本文作者簡介：

傅博，文藝評論家。另有筆名島崎博、黃淮。一九三三年出生，台南市人。於早稻田大學研究所專攻金融經濟。在日二十五年以島崎博之名撰寫作家書誌、文化時評等。曾任推理雜誌《幻影城》總編輯。一九七九年底回台定居。主編《日本十大推理名著全集》、《日本推理名著大展》、《日本名探推理系列》以及日本文學選集（合計四十冊，希代出版）。

CHAPTER 0

序曲

一個春光和煦的午後，我心血來潮地前往國立造訪由利大師。

由利大師原本住在麴町，但在戰爭開打後沒多久，便毅然決然地將房子交給朋友，舉家搬遷至國立。當時我還曾經取笑大師太過大驚小怪，但在一次又一次的空襲當中，我家三度慘遭祝融。相較之下，這位做事小心謹慎，搬遷至郊外的由利大師位在麴町的房子卻倖免於難。這世上還真有這種諷刺的事情。

遭逢三次火災，我弄得灰頭土臉的，再加上先前的取笑一事，我委實沒臉去見由利大師。然而，大師見了我卻只是溫柔地微笑以對，不但沒和我一般見識，還鼓勵我。

他說：「像你這樣的年輕人，無論經歷任何大風大浪，將來終有一天會翻身的。就算你自己沒意識到這一點，但你身上仍舊會散發出一股自信來。像我這樣的老人就是缺乏那股自信，才會顯得步步為營。換句話說，當一個人做事變得小心謹慎，就足以證明這個人已經上了年紀。」

接著，大師不但吩咐夫人拿些合身的衣物給我，在戰爭結束之後，還跟住在麴町的朋友商量，請對方將二樓的一間房間空出來給我。目前憑我一介受災戶，生活之所以過得如此優渥，都要拜大師所賜。回想起當初取笑大師大驚小怪的自己，我不禁感到汗顏。

話說那天當我到大師位在國立的宅邸叨擾時，他和年輕的夫人正心無旁鶩地在田裡種番薯。他一見到我便立即洗淨雙手，引領我至書房。

「好久不見。在那之後，報社的工作如何了？」

大師一頭美麗而濃密的銀色捲髮，黝黑的臉上堆著一如往昔的笑容，歡迎我的到來。

「還是老樣子。」

「我前一陣子才跟內人提到你呢。我說最近報紙的版面縮水，又沒發生什麼重大的刑事案件，不知道三津木俊助是不是過得很無所事事。」

大師說到這裡，淡淡地笑了。

「沒那回事。既然報社裡還有我的位置，就代表還有工作可做。倒是大師您最近過得如何？」

「我……？」

「大師應該很想念麴町的老家吧？難不成您打算從此長住在這種鄉下地方，靠種番薯安養晚年？」

我一直放心不下這件事，剛好趁機詢問。大師哈哈大笑地說道：「我告訴你，鄉下地方才好呢。你別小看這地方，這可是文化之都唷！至於你現在提到的這件事嘛……」

大師稍微收斂起笑容後，繼續說道：「不用你說，如果有特別的案件，我當然也想出面處理，不過我看暫時是不可能了。」

「您說不可能是什麼意思？」

「在這種時代就算有凶殺案，也不可能是什麼周延縝密的犯罪。世上人心惶惶，哪還有閒工夫多費心思去擬定犯罪計畫。更何況，唯有在天下太平，人命受到尊重的社會中，殺人事件才會引起人們心中的不安。然而在這種草菅人命的時代恐怕……。你說是吧？」

「這麼說來，會發生計畫殺人的時代，也就是大師活躍於辦案現場的時候，這究竟是好是壞呢？」

我語帶嘲諷地問。大師正色答道：

「那還用說，當然是好啊！計畫性犯罪的存在，證明了社會秩序還維持在某種程度之上。我們就舉殺人為例好了，若是無論殺了幾個人都不會受到法律的制裁，那人們又何苦絞盡腦汁計畫殺人呢？隨著社會的進步，人命相形受到重視。人們越是重視人命，對殺人犯的制裁就越嚴格。犯人就是為了逃避制裁，才會設計出錯綜複雜的殺人計畫，不是嗎？」

「也就是說，巧妙的計畫性犯罪越多，就代表社會越進步囉？」

「可以這麼說。至少在零犯罪的理想時代到來之前，是這樣沒錯。」

「假設那種理想的時代暫時可望而不可及，那麼今後的日本將會如何呢？像剛才大師所說的那種進步的時代真的會到來嗎？」

「會吧。要是這種草菅人命的時代一直持續下去，那還得了。不，應該說即將到來的時代會比現在更尊重每一個人的生命。」

「即便……陰險的計畫性殺人犯會隨著一同降臨，我們還是要祈求會出現這種壞蛋的時代到來嗎？」

「嗯，你說的沒錯。哈哈哈，我們討論的話題怎麼好像有點兒古怪……」

從以上的對話看來，我想各位讀者不難發現，這位由利大師就是從前在犯罪調查方面，發揮超乎常人本領的那位高人。然而大師既不是偵探，也沒有在麴町三番町的住宅門口高掛「私家偵探」之類俗不可耐的招牌。

即便如此，大師在這方面的高超本領仍舊廣為人知，警方接二連三地帶著各種案件來到三番町就教。通常在這種時候，大師會先細細玩味案件的內容，再從中揀選自己感興趣的案子出馬辦案。身為記者的我總會比一般人先聽聞案件的風聲，所以也經常請大師出面偵查。但不管怎樣，只要大師出馬一定少不了我。換句話說，我就像是福爾摩斯身邊的華生，焦不離孟，孟不離焦。各位一定要先瞭解這點，否則將無法理解我那天為何造訪由利大師。

無事不登三寶殿。我沉默了好一陣子，才將事情原委和盤托出。

「其實，我今天來府上，是有件事情想要請您幫忙。」

「什麼事？」

「這個嘛……」我口中所指的事情其實是這麼回事。

直到現在，還有人記得我從前曾經跟在由利大師身邊進行犯罪調查。最近有家出版社希望我從至今處理過的案件當中，挑出可能寫成小說的案件寫成偵探小說，而我也接受了這項請託。

老實說，我最近的日子過得苦哈哈的，光靠報社的微薄薪資，日子根本過不下去。然而當時我之所以如此爽快地接受出版社的請託，倒也不全然是為了錢，還有另外一個理由。出版社的大老如是說：

「我覺得日本人做事總是雜亂無章，思考方式缺乏邏輯概念，日常生活中的閒書便是如此，不是嗎？讓人不禁覺得，要是有一些更具有邏輯性的小說該多好。說到具有邏輯性的小說，自然非偵探小說莫屬。今後敝社希望能夠致力於這類的偵探小說出版，所以希望大師您無論如何都能夠助我們一臂之力……」

無故被戴了這麼頂高帽子，讓我不禁有些醺醺然，得意忘形地真以為寫偵探小說是在啟蒙社會大眾。

不過話說回來，一時的雄心壯志和寫書卻是兩碼子事。真要下筆的時候，我才發現寫書並不容易，雖然我手上握有寫書的材料，但這並不能當新聞報導寫。另外困擾我的一點則是，以往經手的案子的手記早已在空襲中付之一炬。因此當天我之所以造訪由利大師，首先是想在撰稿之前先獲得大師的首肯。再者，我想大師的手邊可能還留有當時案件的紀錄。

「原來是這麼回事。」

聽完我的解釋之後，大師立即點頭說道：

「你不寫怎麼成！儘管寫，不用顧慮我。只要你不過度渲染，忠於案件本身，不要加油添醋亂寫一通就行了。」

「是，我會注意的。我希望盡可能原汁原味地下筆。」

「既然要寫，你打算寫哪一起案件呢？」

「蝴蝶殺人事件——我想試著寫下那起案件，不知您認為如何？」

我惶惶然地看著大師沉吟了起來。過了好一會兒，大師突然從椅子上彈了起來。就在我心想這下糟了，弄得大師心裡不暢快的時候，大師從櫃子裡取出鎌倉雕刻（註）的文具盒，回到座位上。

「說到那件事，我說三津木，前一陣子我在整理舊書的時候發現了一件有趣的東西。你瞧，就是它，你還記得吧？」

大師從文具盒裡取出來的是一張從雜誌裡裁下來的照片，一看到那張照片，我內心不禁感到一陣雀躍。

照片中是一位風度翩翩的青年紳士，身穿一件下擺敞開的長禮服大衣，頭戴折疊式大禮帽，丰姿爽朗地在腋下夾了一根拐杖。他的臉上像是被孩子惡作劇似的，以藍色的色鉛筆畫上了眼鏡和圍巾。不消說，我當然記得照片中的人。不，豈止記得，我就算想忘也忘不了。

就是照片中這位玉樹臨風的青年紳士，為我接下來將寫的故事，注入了一股不尋常的氛圍與色彩。

「這傢伙可精明了。是吧？三津木。這個大滑頭。這傢伙差點讓我跌了個大跟頭，如果有需要的話，這張照片你就拿去吧。還有，記得把我差點陷入推理死胡同的來龍去脈給寫清楚。」

大師說完後開懷大笑，總算是讓我吃下了一顆定心丸。

「大師，我真的可以寫嗎？」

「你就寫吧，說到計畫性殺人，這無疑是個最佳案例。雖然案中會提到不少我的痛處，不過我還受得了。」

「感謝大師。能夠得到大師的首肯，讓我更加起勁兒了。不過話說回來，大師，我還有一個難題。」

「什麼難題？」

「這個嘛……，我們不是到很後面的部分才參與這起案件嗎？當然從那個部分開始寫倒也無妨，但是這麼一來，我怕之前的事情會交代得不清不楚。更麻煩的是，因為空襲，我當

註──木雕漆器的一種。質地可分為檜木、桂木、朴木等，在雕刻之後上漆，打磨後再上一層漆，反覆數次後呈現高雅的質感。

時的手記都已被燒個精光了……」

大師不待我把話說完，即伸手進文具盒裡翻找，取出了一本陳舊的手記。

「三津木，關於這點，我倒是有個好東西。這是原櫻女士的經紀人土屋恭三的手記，我當時跟他借來看卻忘了還，前一陣子整理書籍的時候就這麼從書堆中跑出來了。看過這本手記就能清楚地瞭解整件事的始末，你如果有什麼不清楚的地方，乾脆一開始的部分就直接引用這本手記如何？你說什麼？土屋不會生氣的，放心。」

說到這裡，我越來越對大師在戰時遷至郊外的深謀遠慮感到敬佩了。

不消說，我當然也記得這本手記。當時這本手記不知道幫了我們多大的忙，大師就是從土屋流水帳似的文字中，發現了解開案件之謎的重要因素。

當天大師和夫人原本邀我吃過晚飯再走，但我婉拒了他們的好意，三點左右就告辭了。

「哎呀，真是的。好久不見，人家還特別用心做飯，想要留你一同用餐呢……。太晚回家會危險？那住下來不就得了嘛。」

年輕的夫人嘟囔道。然而大師卻沒有硬將我留下。

「隨他吧。三津木說他今晚要開工……，說是要寫小說。」

「小說……？」

夫人美麗的雙眸熠熠生輝。

「好厲害呀。三津木先生要寫什麼小說呢？」
「那還用說，三津木寫的一定是色情小說啊。」
「哎呀，好死相。三津木先生，你別寫那種低級的東西嘛。不如寫些具有知性的……，對了，寫寫偵探小說嘛。」

說到這裡，大師和我不禁相視而笑。

當天晚上回到家，我就著從大師那兒借來的照片和手記所寫下的，即是各位接下來將過目的這篇故事。不過我對小說的寫作方式並不熟悉，這篇故事會被我寫成怎麼樣，目前連我自己都不知道。但我可以拍胸脯保證，這篇故事絕對精彩絕倫。此外，我會盡可能地保持立場中立，將由利大師解開這起殺人案件的謎團之鑰，公平地呈現在各位看倌面前。如果各位是眼尖的讀者，將有機會和由利大師一同揪出犯人。

在故事的最初，我決定尊重由利大師的意見，引用女性聲樂家原櫻女士的經紀人，土屋恭三先生的手記內容。因此以下數章的說書人將不是我三津木俊介，而是土屋恭三先生。另外要補充說明的是，這起事件乃是發生於昭和十二年（一九三七年）秋天。那麼，讓我們就此揭開蝴蝶殺人事件的序幕。

I CHAPTER —— 第一章

低音大提琴

十月二十日，大凶。對我土屋恭三而言，今天是五十年來最倒楣的一天了。

打開今天大阪的早報一看，無一不以「世界級的女高音」、「聞名世界的蝴蝶夫人」、「日本的國寶」等醒目的標題，報導了原櫻的死訊。

我從那個女人年輕的時候就認識她了。太過親近之下，我實在不認為她像報紙上寫得那般偉大，也不認為她遭人殺害一事會對樂壇造成如此重大的損失。

然而，現在那個女人死了，我將何去何從？我今後的生活將如何是好？對我來說，她不止是一個頤指氣使的主人、脾氣反覆無常的資金提供者，也是一個要人費心呵護的雇主。像這種性情陰晴不定的女人哪能成什麼大事。不過話又說回來，她對我還是不錯的。像我這種成天出錯的男人，她不但沒有開除我，還一直雇用我當經紀人。

那個女人有一種愛逞大姊頭威風的虛榮心，只要抓住她這一點心理，向她苦苦哀求，大部分的失誤她都會睜一隻眼閉一隻眼。在這個滿是老江湖的音樂界裡，除了她之外，還有誰會上這種騙三歲小孩的當呢？

頓失這個保護者，今後我該如何維持生計？算算年紀我也五十歲了，豈有道理再去當那種乳臭未乾的菜鳥歌手的經紀人。就算我能夠嚥得下這股窩囊氣，又有誰會雇用像我這種兩袖清風的笨經紀人呢？在她生前，我總是在私底下揭她的瘡疤，如今回想起來，其實原櫻這女人還算挺照顧我的。

大凶，大凶啊！今後我該……

罷了，這種喪氣話再怎麼寫也寫不完。土屋恭三，要冷靜啊！冷靜下來，好好地看清這起事件的始末。

話是這麼說，不過我實在不懂為什麼事情會演變到這種地步。原櫻究竟是在哪裡被人殺害的？又為什麼會被裝進那種東西裡？真的令人想不通。我只知道這不是一起尋常的殺人事件。如此陰險而巧妙的殺人計畫，絕對是兇手精心策畫出來的，哪裡是我這種腦袋裝漿糊的人能想得出來的呢？

正因為如此，我非得將這起事件鉅細靡遺地記錄下來才行。只要將我所見到的、所知道的事實累積起來，說不定就能看穿兇手計畫的冰山一角。如此一來，也許像我這種頭腦簡單的人也能揪出犯人的狐狸尾巴，於是我動筆寫下了這本手記。

然而真要下筆時，我的腦子裡卻又亂成一團，不知該從何寫起。追根究底，事情的開端是因為川田的低音大提琴沒送到會場，才會引起這場軒然大波……。不過要是從這裡寫起，事情只會越弄越亂，看來還是得從這次的大阪公演寫起。

原櫻歌劇團為期三天的東京公演在十月十八日晚上劃下句點。推出的戲碼《蝴蝶夫人》（註一）獲得了超乎預料的亮麗票房。關於這點，原櫻自負地認為是她的人氣所致，但我並不這麼認為。說穿了，歌劇最近開始被日本大眾所接受才是主要的原因，我在去年秋天推出

《茶花女》（註二）的時候就早已預料到了。若是從受歡迎的角度來看，原櫻的弟子，年輕貌美的女中音相良千惠子比她更受歡迎。而且這次的平克頓是由小野龍彥飾演，儘管小野龍彥的歌唱技巧尚未純熟，但劇團卻聲稱他是世間少見擁有美妙歌聲的美男子。想當然耳，人氣自然聚集在這兩個人身上了。

不過，這種事情無關緊要。按照計畫，在東京公演落幕之後，我們必須立即趕往大阪的中之島公會堂演出。

大阪公演的時間是十月二十、二十一日這兩天，與東京公演只隔一天，因此我這個經紀人當然忙得不可開交。東京公演的最後一天，戲還沒落幕，我就在當天晚上搭乘火車，與在蝴蝶夫人中飾演山鳥候爵的志賀笛人一同從東京趕往關西。這個男人說是有事要到神戶一趟，才決定與我一起比劇團一行人提前出發。

按照原訂計畫，結束東京公演的團員應該要搭乘隔天，也就是十九日晚上從東京出發的夜班車。但原櫻卻決定自己要搭十九日上午十點發車的班次，理由是她搭夜班車會睡不著，要是睡不好的話，對她二十日的演出會有影響。當時要是原櫻跟其他人一起搭車的話，就不

註一——蝴蝶夫人（Madame Butterfly），最初是19世紀末出版的美國小說，之後由義大利歌劇作曲家普契尼（Giacomo Puccini，1858～1924）改寫，內容描述美國海軍軍官平克頓（Pincarton）與日本藝妓蝴蝶夫人之間的愛情故事。

註二——茶花女（La Traviata），法國文壇巨擘小仲馬（Alexandre Dumas Fils，1824～1895）原作，義大利歌劇作曲家威爾第（Verdi Giuseppe，1813～1901)改編的著名歌劇。

會發生這樣的悲劇了……

不過當時原櫻並不是一個人搭車，原定同行的還有她的丈夫原聰一郎先生，以及弟子相良千惠子。比他們早一天離開東京的我以為他們三人會一同抵達大阪，已經先為他們在D大樓飯店訂了房間。可是……，哎呀，這件事情暫且先讓我賣個關子。

接著把話題轉回我身上。

昨天，也就是十九日的早上，我跟直接前往神戶三之宮的志賀笛人分道揚鑣之後，度過了忙碌不堪的一天。我先是趕到D大樓飯店確認原櫻夫婦將住宿的房間。再怎麼說，櫻女士就像淀君（註一）般易怒，若是有個差池弄得她不高興，那我可就吃不完兜著走了。

接著我前往N飯店，劇團其他人將住在這裡。兩家飯店我都先透過電話訂了房間，確認無誤後，這下前置作業就穩當了。既然一行人住宿的地方有了著落，剩下的就是會場、報社與電台，以及最重要的原櫻的贊助者了。那一天，我跑遍了整個大阪，所有的售票處都傳出好消息，據說這兩天的預售票都已銷售一空。原櫻歌劇團廣受好評，會場擺滿了A商會、B商店贈送的花圈，看到這種景象真是讓人高興。

每當我沈醉在幸福中，心情大好的時候，接著一定會有天大的壞事從天而降。這種重大的災難彷彿是上天要用來沖消我的狂喜，而且福禍相抵之後，壞的部分一定還有剩。古諺有云，「福禍交纏如繩」（註二）這句話果真一語道盡我這五十年的人生。何況相對於天大的災禍，福氣卻只有那麼一丁點兒，真是夠了。因此最近我總是告誡自己，千萬記得不要因為偶然冒出的一點好事就樂得飛上了天，但昨天卻一個不留心就疏忽了，果真報應不爽，讓我現在飽嘗苦果。那麼接下來就讓我來說說，昨天究竟發生了什麼事讓我得意忘形了起來。

我先到該打招呼、該露面的地方辦完事之後，跟在夕方報社工作的老朋友S碰了面。以前S和我是同穿一條褲子的好朋友，只是這小子卻中途跳槽到大阪的報社去，現在可威風了。

「好久不見，去喝一杯吧？」

我跟著S來到北新地。S在這一帶似乎很吃得開，一進店內，五、六個年輕貌美的藝妓馬上吱吱喳喳地湊了過來。男人都一樣，不管活到幾歲，哪有不愛女人的道理。當然，我也是愛女人成痴，至今在感情方面已經數不清吃了幾次敗仗。特別值得一提的是，昨晚膩在我身邊的是一個很會討人歡心的大阪藝妓。原本心情就不錯的我，聽到她叫我「小三三」更是樂得心花怒放。就這麼一個不經心，我忘了要到車站去迎接櫻女士，犯下了天大的錯。

櫻女士預定於晚上八點抵達大阪車站。我這個身為經紀人的，無論如何也得親自前往車站恭迎，並將當地的情況翔實報告。

註一——「淀殿」，日本戰國時代的名女人，豐臣秀吉的側室。後世對其評價普遍不佳，因此說書人常故意蔑稱其為「淀君」。

註二——中國類似的格言是「禍兮福所倚，福兮禍所伏」，語出老子。

然而，當我回過神來的時候，我的老天爺，竟然已經過了八點半。

我慌慌張張地衝進電話室裡，撥電話至D大樓飯店，櫃台人員說：「原櫻老師已經在剛才抵達了，目前好像正在房間裡休息。」

這下糟了！我沒有前去迎接，我想原櫻那傢伙現在一定氣得火冒三丈，把氣出在她丈夫身上吧。我頓時感到腳底發毛，一臉狼狽。

「S，我先告辭了。」

我對著S丟下這麼一句話後，旋即推開身邊的藝妓往外衝。看到我的臉色大變，S這個臭小子居然還訕笑地說道：「服侍貴人真是苦了你呀。」

開什麼玩笑！我的痛苦豈是「服侍貴人」區區四個字所能道盡的，更何況對方可是變臉比變天還快的母老虎。

當我趕到D大樓飯店時，原櫻竟然不在。櫃台領班向我招呼著：「原櫻老師剛剛出門了，她將鑰匙寄放在櫃台這裡，並未說去哪裡。」

「難道你沒告訴她我剛才來過電話？」我不悅地責難道。領班怯懦地答道：「不，我說了。我告訴原櫻老師有一位叫做土屋的先生馬上要過來……」

明知我馬上要來，原櫻還是出了門，她的盛怒之情不難想像。想到這裡，害我擔心到肚子都疼了起來。我唯一的指望就是她先生原聰一郎陪在她身邊。原先生雖然生活放蕩，卻是個穩重的人，平日總是對我的處境寄予同情，不但如此，他還熟知駕馭原櫻之術。從領班的話看來，原櫻似乎是單獨出門的，我以為原先生獨自留在飯店裡，於是告知領班我想跟原先生見上一面，沒想到聽一郎先生竟然沒跟原櫻同行。

「原櫻老師是自己一個人從大阪車站搭汽車來的。老師說她先生突然有急事要留在東京，明天一早才會跟其他人一同抵達。」

我當時的心情就像是被人狠狠地往頭上揍了一拳。既然她先生沒有跟她在一起，要在短時間內平息她的怒火，看來比登天還難。

然而原櫻自己一個人來飯店還真是令人匪夷所思。就算她先生有要事留在東京，身為弟子的相良千惠子也該與她同行直至飯店才是。不過，其實相良並不會住在這家飯店。她出身大阪，我印象中，她的老家好像在天下茶屋或是萩之茶屋，所以她這次會回老家過夜。

可是再怎麼說，相良也應該先把原櫻送到飯店之後再回老家才是。何況聽一郎先生留在東京，原櫻自己一個人更是需要她的陪伴。粗心忽略這點不像是相良的作風。

我總覺得事情有點不對勁，想打電話問問相良，原櫻的情況如何。偏不巧我忘了問相良老家的電話號碼。

我在飯店大廳裡等了半個小時左右，不但不見原櫻人影，連電話也沒來一通。等待當中，我突然想起原櫻有一位頗有勢力的贊助者住在北濱。據櫃台領班所說，原櫻出門的時候沒有叫車，我心想她該不會是跑去北濱了吧，於是衝出飯店趕往北濱。到了那裡對方卻說原櫻沒來，失望之餘，我只好從船場趕到島之內，一個個地造訪其他贊助者。

老實說這根本沒有什麼好擔心的，原櫻又不是三歲小孩了，我很清楚自己一點兒也不擔心她會迷路，只不過這是身為那女人的經紀人的第一要訣：在這個時候一定要假裝窮緊張地四處奔走找她，如此即可在找到她之後討她歡心。

我通常會這麼對她說：

「老師好過份唷，一聲不響地人就跑出去了，您都不知道我有多麼擔心。昨天夜裡，我還到處找您……」

聽到我這麼一說，原櫻那傢伙一定會這麼回答：

「你真傻，我又不是三歲小孩了，你那麼晚到處去把別人吵醒，人家很可憐耶。你真的那麼擔心我啊？不好意思啦。真的很抱歉。」

如此一來就天下太平了。

那天晚上，我回到飯店的時候已經凌晨一點了。一切都已打點就緒，再沒什麼好擔心的了。我大可高枕無憂，把原櫻的事情忘得一乾二淨，不過我還是形式上地撥了一通電話到D大樓飯店。

「原櫻老師還沒回來，請問您是哪位？」

媽的！那隻母老虎究竟是上哪兒去了？

一轉眼，今天已經是二十日了。

我醒來的第一個動作就是再撥個電話到D大樓飯店。當然，我壓根兒就不期待會聽見那個女人的聲音。她在大阪想必有很多朋友，其中有的我並不認識。依我猜，她八成是到朋友家過夜了。她老是這樣，愛玩這種捉迷藏的遊戲，讓我急得像是熱鍋上的螞蟻，直到最後一秒鐘她才悠悠哉哉地現身。

所以我也不把這次當作一回事。現在回想起來，我的猜測只猜對了一半。果不其然，那個女人在最後一秒鐘現身了，只不過出現的卻是……

現在寫出結果還嫌太早了點。在此之前，我想我有必要先交代一下這一天發生的大小事。

說到今天的忙碌程度，比起昨天是有過之而無不及。

原櫻歌劇團一行人搭乘昨晚十點十五分從東京出發的火車，預定於今天早上八點七分抵達大阪車站。有鑑於昨夜的失誤，今天我說什麼也一定要去迎接他們。何況一行人當中還包含了原櫻的丈夫聰一郎先生，這更是怠慢不得。無論如何我得先見到聰一郎先生，請他代為安撫原櫻才成。

趕往大阪車站的路上，我先去了D大樓飯店一趟。果不其然，原櫻依舊音訊全無。媽的！隨妳媽的便！

我匆忙地趕到大阪車站迎接時，現場已經擠滿了大批的報社記者、會場代表與歌劇迷。除此之外，還聚集了許多像是寶塚（註）團員的年輕漂亮小姐。一傳十，十傳百，愛湊熱鬧的人們一個接一個地簇擁而來。

然而，最重要的主角原櫻和相良千惠子卻還沒出現。我怕現場的群眾等得不耐煩，只好硬著頭皮出面向大家說幾句話。

「原櫻女士生性害羞，不愛舖張的場面……」

我聽到遠方一個女孩子說道：「原櫻少裝模作樣了。」這孩子真是誠實又聰明！反正對這些女孩子來說，原櫻和相良來不來都無所謂，男高音小野龍彥才是重點。當他一走下臥鋪火車，立刻受到這群小女生的包圍，場面真是熱鬧非凡。

現在要是讓整個日本演藝圈舉行最受歡迎男藝人票選活動，小野龍彥必定能夠擠進前五名。「天下第一美男子」這個宣傳稱號未必會為他加分，但舟車勞頓為他增添了幾分憂鬱的氣質，看在小女生的眼裡，他無疑是更加有魅力了。她們不斷地叫喊著小野老師、小野老師，吵得我耳朵都快聾了。

在我眼中，樂界中人個個自私自利，我唯獨對這個小野的印象還不差。他明明就是個百分百的美男子，卻對自己的外貌一無所覺，這點最是天真無邪。堂堂五呎七吋的身軀之下，是一顆如十五、六歲少年般純真的心靈。這或許是因為他加入劇團為時尚淺的緣故，也或許是他良好的身家背景所致。他是日本橋一家知名老店——紅屋和服店的次男，即俗語所說的「天生少爺命」。原櫻最近對這個男人……，哎呀，好險，差點說漏了嘴。

話說回來，聽一郎先生人到底在哪兒？當我左右張望尋找他的身影時，肩膀卻反被他拍了一下。

「辛苦了。很累吧？」

這個人總是笑臉迎人，似乎不知憂心為何物。平時他總是從容不迫，笑容可掬。我想，如果他不是財經界要人之家的名門子弟，頭腦聰明又是個世人眼中的高材生，生平未曾經歷過大風大浪的話，他的行事作風大概也不會這麼哉悠了。我跟他的個性就像陰陽兩極，形成強烈的對比。但很不可思議的是，我竟然不會對他感到反感。就連原櫻對他也是百依百順，老是「親愛的、親愛的」地撒嬌。任誰都看得出來他也很愛原櫻，但我實在摸不清這一對夫婦心裡頭在想什麼，居然能夠各自在外面亂來，還擺出一副若無其事的模樣。

註——寶塚歌劇團（Takarazuka Revue Company），只招收女性成員的音樂劇團，由小林一三一手創辦，主要據點在兵庫縣寶塚市。前身為寶塚少女歌唱隊，1918年寶塚音樂歌劇學校正式取得成立認可，1946年改名為寶塚音樂學校。當年小林一三引進歐美的舞台秀風格，寶塚歌劇團華麗的演出風靡一時，團中的女明星如越路吹雪、八千草薰等人退團後更是進入電影界成為重要的女演員。

「如何?原櫻的心情還好嗎?」

我簡短地向他說明昨天晚上到現在的經過。聰一郎先生始終保持著笑容，當我話聲一落，他更是大聲笑道：

「哈哈哈，她的老毛病又犯了。沒什麼好擔心的，時間一到她就會出現了。你呀，就是太膽小了，才會被她玩弄於掌心之中。」

說完之後，他自言自言地叨唸著：「好睏，好睏，好想睡覺。」便自顧自地快步走出月台離開了。

好，這下安撫原櫻的前置作業總算大功告成了。像聰一郎先生那種細心的人，只要這麼跟他提醒一下，他一定會幫我把原櫻安撫得服服貼貼。這下子我總算卸下心中的一塊大石頭，接著便集合劇團一行人，讓他們分別搭車前往N飯店。

說是一行人，其實也沒幾個。畢竟歌劇這種東西很費人力，要是真把東京公演的原班人馬搬到大阪，經費馬上就要見底了。因此我們決定請大阪交響樂團和青年會的人擔任管弦樂團及合唱團。

不過我還是找來了東京公演時的指揮家牧野謙三。牧野和原櫻只要一見面就鬥嘴，兩個人都是心高氣傲的拗脾氣，一旦意見不合，雙方就各執己見，互不相讓。

上回公演一結束，牧野就宣布他再也不為原櫻的歌劇指揮。一直到這次《蝴蝶夫人》公演之前，原櫻才肯放下身段，低聲下氣地央求牧野。儘管牧野表面上裝出一副心不甘情不願的模樣，但他終究還是答應了。畢竟，在日本說到像樣的歌劇，除了原櫻歌劇團還有誰能出其右？而說到一流的指揮，假使牧野自謙第二，又有誰敢自稱第一？所以兩人即使個性格格不入，仍舊無法將彼此之間的界線劃分得清清楚楚。當天牧野帶著兩名弟子前來，分別是長號手與低音大提琴手，豈料這把低音大提琴到後來卻出了狀況。

護送一行人上車前往飯店之後，我跟搭這班列車一同前來的助理雨宮去領取行李。雨宮這個年輕人是聰一郎先生的遠房親戚，最近成了我的助理，做事很不牢靠。就經紀人這份工作而言，我已經算是笨手笨腳的了，沒想到雨宮卻更勝我一籌。無論大事小事，他沒有一事不出錯，又是個冒冒失失的爛好人。說到他的優點，除了不管被我怎麼苛責也不會生氣之外，根本一無是處。

自從把東京公演的善後工作全交給這個不可靠的助理之後，我一顆心始終懸在半空中。幸好他到目前為止似乎還沒出什麼紕漏，不但大部分的服裝昨天就已運到，剩下的部分也在昨晚出發前交給東京車站的託運人員了。

我們去領取行李時，行李竟然還沒到。據說這批行李在下一班車上，將於十點三十分抵達大阪車站。我想我們一直在車站枯等下去也不是辦法。

「我們先回飯店吧。中午過後，你再自己一個人來領行李。會場兩點開始彩排，你最好把行李直接帶來會場。」

我們一回到N飯店，我立刻撥了通電話到D大樓飯店去，但櫃台人員說原櫻依舊下落不明。聽一郎先生剛剛抵達，不過好像已經入睡了，房間的門是鎖上的，電話也沒接。既然這樣，反正我也沒有特別的事情要找他，請櫃台人員別打擾他休息之後就掛了電話。

從我掛上電話一直到下午兩點之間並沒有發生什麼事情。我把手上的事情交代給雨宮，離開飯店到各報社及電台奔走，回到會場的時候已經一點半左右了。這時歌手們也紛紛從N飯店趕來，大阪交響樂團和合唱團的人早已到場，現場熱鬧非凡。

雨宮比我還早到場。我問他行李的事情處理得如何，聽到他說全部都已經帶過來了，我才總算鬆了一口氣。

不過原櫻這傢伙到底是怎麼一回事？算算時間也該出現了呀。不，不光是原櫻一個人，連小野、相良，還有男中音志賀笛人也都還沒到。

一點五十分。

彩排預定兩點整開始，交響樂團的人早已入座。指揮牧野握著指揮棒，顯得焦躁不安。就在這個時候，耳邊傳來低音大提琴手川田的怒吼聲。

「喂！雨宮，你把我的低音大提琴弄到哪去了？」

雨宮頓時啞口無言。他的臉色大變，慌張地口吃了起來。

「低音大提琴……低音大提琴……？可是我明明按照行李票，把所有的行李都領過來了。其中並沒有低音大提琴……」

「混帳東西！怎麼可能會有這種事？你應該也看到我昨天在東京車站把低音大提琴拿去託運了。其他人把行李交給你的時候，我不是就將行李票給你了嗎？該不會是你把行李票弄丟了吧？」

「沒那回事。絕對不可能發生那種事。我把你的行李票跟其他人的用夾子夾在一起了……。怎麼會這樣，我剛才在大阪車站領取行李的時候，明明仔細地對過行李和行李票的數目……。不小心遺漏你的低音大提琴是我的錯，可是……」

「既然知道錯了，我看你怎麼辦！難道你要我兩手空空地演奏嗎？要是我的低音大提琴就這樣弄丟了，我看你要怎麼賠我！」

「真的很抱歉。我再去大阪車站看看。」

雨宮一臉鐵青，強忍著淚水。就在他慌慌張張地要衝出會場的時候，小野、相良和志賀笛人三個人幾乎同時走進後台。

「川田先生，你在發什麼火啊？一直低音大提琴、低音大提琴的，有一把低音大提琴給人丟在後台大門外，那不是你的嗎？」

「相良小姐，低，低，低音大提琴在後台大門外嗎？」

雨宮驚慌到講起話來也結結巴巴的。

「是啊，就立在門旁邊。你快去把它拿來給川田吧。」

雨宮才剛慌張地離開後台，電話鈴聲就響起了。是原聰一郎先生從D大樓飯店打來的。

「土屋嗎？原櫻到了沒？」

「這個嘛……，還……還沒有。」

「還沒到？彩排開始了吧？這就奇了。總之我先過去看看。」

我一掛掉電話，就看見雨宮扛著巨大的琴箱進來。然而，那副景象卻透著一股說不上來的怪異。身材瘦小的雨宮就快要被琴箱壓扁似的，漲紅著臉，氣喘如牛地發出低吟。看到他那副樣子，相良千惠子第一個笑了出來。

「雨宮先生，你那什麼蠢樣子啊？低音大提琴有那麼重嗎？」

「相良小姐，妳有所不知，這把琴真的很重耶！川田先生，你裡頭到底裝了什麼？」

「那還用說，當然是低音大提琴啊。給我。」

當川田想要從雨宮背上接過巨大的琴箱時，被出乎他意料之外的重量弄得步履踉蹌。在兩人手忙腳亂之下，琴箱從雨宮的背上滑落，碰地一聲掉落在地上。低頭一看，不但鎖頭已經脫落，蓋子微微鬆開，還有兩、三片枯萎的玫瑰花瓣從蓋子的縫隙飄落。

川田的臉色大變，將手伸進口袋裡尋找鑰匙。不過當他發現鎖已壞掉，根本用不著鑰匙之後，立即將盒蓋扳開。

說到原櫻這個女人，她的日常生活本身就像是一齣戲，不管在什麼情況下，她都不會錯過出場亮相的最佳時機。然而，儘管她再厲害，至今也從未以如此戲劇性的方式登場。

琴箱裡裝的並不是低音大提琴，而是原櫻的屍體。覆蓋在玫瑰花瓣下的世界女高音的屍體，簡直就像是一具從埃及古墓中挖掘出來的圖坦卡門（註）木乃伊。

註——圖坦卡門（Tutankhamun），1922年挖掘出的埃及法老王木乃伊，被推斷為西元前1300年左右，新王國時期十八王朝的法老王。

2 CHAPTER

第二章

數學問題

十月二十一日……

經過昨晚的一番折騰，我手記寫到一半就睡著了。想來也難怪，先是受到那麼大的驚嚇，接著我還得一一應付蜂擁而至的警官與記者，真是受夠了。

大概是昨天心情太過激動的關係，今天早上我重新看了一下昨天寫的手記，言詞之間顯得有些語無倫次，而且將我個人的感情表露無遺，甚至可說是有點失態。不過這倒無妨，反正這本手記又不是寫來讓人看的，不過就是信手把事情記錄下來，避免自己忘記罷了，根本無需矯飾偽行。那麼我今天可要冷靜下來好好寫了。

現在回想起來，我對自己當時的表現感到懊悔不已。為什麼那時候不能冷靜一點？為什麼就不能再冷靜些，好好地觀察眾人的表情呢？要是我能夠在案發一開始就從容不迫地留神觀察，一定可以從中發現一些蜘絲馬跡。說不定我還能區分出裝出來的驚嚇和真正的驚嚇。不過現在回想起來，那終究是不可能的事。因為當時的我就連作夢也想不到，這起命案竟是如此地錯綜複雜。

總之，當我從驚嚇中恢復過來，將視線從低音大提琴箱中轉移到圍著琴箱的眾人身上時，所有人都早已擺出無可挑剔的姿態。那種姿態或許該稱之為「驚詫不已」。所有人都依照自己所飾演的角色，擺出恰如其分、充滿演技的動作，要從其中區分出感情的真假簡直難如登天。

女中音相良千惠子以右手按住嘴角，上半身微向後仰，睜大的雙眼眨也不眨地注視著低音大提琴箱中原櫻的屍體。那確實是茱麗葉注視著羅密歐的屍體時的動作。

飾演平克頓的男高音小野龍彥所擺出的是當平克頓發現自殺身亡的蝴蝶夫人時的動作。那是原櫻親自教他的，但沒想到原櫻竟然會用這種方式來提升表演效果。

男中音志賀笛人的動作則是來自《弄臣》（註一），他是淺草歌劇（註二）全盛時期時飾演弄臣黎哥雷托的不二人選。而他現在的動作完全呈現出《弄臣》的第三幕戲，當黎哥雷托在明西奧河岸發現女兒吉爾達的屍體被裝在麻布袋中時，那種驚愕交織、悲痛欲狂的動作。

至於指揮牧野謙三所扮演的是什麼呢？他從樂隊演奏區衝過來，雙手前伸，茫然佇立……啊，是了，我想到了，那個動作應該是來自電影《老磨坊》。嘿，你這個在小地方模仿劇中人物史托可夫斯基那副裝模作樣的樣子的傢伙！

畢竟這些人的演技都非泛泛之輩，所有人就像是在舉辦一場「驚詫不已」大賽，我想即便有福爾摩斯般明察秋毫的人物在我們當中，也很難立即從中發現可疑人物。

話說，這場「驚詫不已大賽」兼「百種害怕表情秀」持續了將近五分鐘之久。直到新角色——原櫻的丈夫原聰一郎現身，才好不容易打破這場僵局。

當他正要從後台走上舞台的時候，我才察覺到進來的人是原聰一郎。但我卻佯裝不知，我倒想看看當他看到自己妻子屍體的時候，臉上會出現什樣的表情。

原聰一郎先生一臉狐疑地從後台暗處走來。那也難怪，因為現場給人的感覺是一群人正在排演《蝴蝶夫人》第一幕——平克頓的長崎公寓。但是戲演到一半，一群人卻無厘頭地演出驚詫不已大賽、百種害怕表情秀，也難怪他會感到不可思議了。

他走到我的身旁，說道：「土屋，怎麼了？你們不彩排了嗎？這些人怎麼是這種表情？原櫻還沒來嗎？」

這個時候，相良突然拿出手帕按住眼角，激動地啜泣了起來。她的動作打破了施加在眾人身上的默劇魔法，四周突然騷動起來，所有人暗自竊竊私語，但主角卻沒有注意到情形不對。

「我說土屋啊，這究竟是怎麼一回事？相良小姐怎麼哭了？大家怎麼一直盯著我的臉看，很不是滋味耶。原櫻她到底……」

話說到一半，聰一郎先生才往腳邊的低音大提琴箱裡瞧了一眼。

當時我還刻意目不轉睛、全神貫注地觀察他的一舉一動，但終究還是看不出個所以然。聰一郎先生所顯露出來的驚嚇，究竟是真情流露，還是虛情假意……？看來我並不適合扮演

註一——弄臣（Rigoletto），義大利歌劇作曲家威爾第(Verdi Giuseppe, 1813~1901)的著名歌劇。

註二——將西方正統歌劇予以簡約、本土化的表演方式，雖然受到庶民的熱烈支持，但是過於俚俗的表演也受到極大的批評。一九一六年首演，一九一九至一九二三年是全盛期，但是一九二三年的關東大地震引起的火災將大部份的舞台道具付之一炬。一九二五年十月最後一場演出，結束了淺草歌劇短暫的十年風華。

福爾摩斯。

聽一郎先生一動也不動地注視著琴箱，異常用力地緊握住我的手。事後一看，我的兩隻手臂上竟然都出現了淤青。

「土屋、土屋。」

聽一郎先生快速而低沉的聲音，聽起來就像是那種述說壞消息的語調。

「原櫻……原櫻她……她死掉了嗎？」

即便聽到他這麼問，我還是無法確定原櫻是不是真的死了。但是就算原櫻這個女人再怎麼愛演戲，照理說也不可能躲進這只琴箱裡裝死。從常理推斷，她應該是死了。於是我一語不發地點了點頭。

聽一郎先生推開我，跪倒在低音大提琴旁邊，突然抱起了原櫻的屍體。原本覆蓋著原櫻屍身的枯萎的玫瑰花瓣，一片片地溢出箱外飄落。剛才還在遠處圍觀，膽戰心驚地往我們這邊窺伺的合唱團小姐們一看到這一幕，立即異口同聲地尖聲高叫，往後倒退了一步。

原櫻今年四十七歲。一般來說，女人到了這個年紀都會開始發福，愛好美食的聲樂家在這方面的情形更是嚴重。大多數聲樂家給人的印象都是聲音悅耳動聽，可是體態就讓人不敢恭維。然而，原櫻所自豪的身材卻不可思議地總是穠纖合度、身段曼妙。她的手腳就像男孩子一樣細長，去年在《茶花女》中飾演薇奧莉塔（註）（Violetta Valery）的時候，受到了眾人的肯定，誇她演這個角色是恰如其分。即便歌劇是一種超現實的藝術，但要是看到一個胖不嚨咚的茶花女，那可真要叫人倒胃口了。

哎呀，閒話少說。

已成為屍體的原櫻身著旅行便裝，外裹一件黑色毛皮大衣。這件大衣應該是她今年春天跟相良一起訂做的。站在旁邊，一臉害怕地看著原櫻屍身的相良也穿了相同的毛皮大衣。原櫻的手上握著一只提包，腳上也穿著鞋，也就是說，她應該是在搭火車來大阪的途中，直接被人塞進琴箱裡的。

不過，聰一郎先生還真不是等閒之輩。當最初的驚嚇退去後，他不慌不懼地仔細觀察著抱在手中的妻子屍體，低聲說道：

「她是被人勒死的……」

他靜靜地將妻子的屍體放回琴箱，接著拍拍膝上的灰塵，甫一起身便回過頭來。

「土屋，你報警了沒？要是還沒的話，立刻給我去報警！還有你們……」

聰一郎先生冷眼掃過樂隊演奏區中的樂手和站在舞台上的合唱團團員。

「你們也都看到了。不得已，我想這次的公演只好取消。警方到這裡之前，大家最好不

註——薇奧莉塔．瓦蕾莉（Violetta Valery），茶花女中以交際花的身分周旋在巴黎社交圈的美麗女主角。

要擅自更動現場。」

我是很少會佩服人的那種人，但看到當時聰一郎先生那種乾淨俐落處理事情的方式，還是讓我不禁想向他鞠躬致意。相較之下，我簡直是望塵莫及。看來我們兩人天生資質就不同，儘管很不願意承認這點，沒辦法，事實就是如此。

聰一郎先生的到來，讓原本的僵局立刻有了全新的轉變。打個比方說，就好像先前呈痲痺狀態的心臟在原聰一郎先生這支強心針的注射之下，突然又活動了起來。

我六神無主地一邊指揮依舊錯誤百出的助理雨宮，一邊聯絡警方。此時就顯示出經紀人的責任重大。再過幾個小時就要開演了，非得立刻發佈取消通知才行，但是要用何種說詞呢？我還不確定是否該將取消演出的理由據實以告，說到我這個要到處解釋的小經紀人，豈是一個苦字了得？畢竟我要面對的不是報社就是電台，這些人可不是一套說詞就可以輕鬆打發的。一想到這兒，我不禁為自己捏了一把冷汗。

直到警方趕到之前，我就這樣不斷地到處打電話，所以我完全不知道這一行人在這段時間當中擺出了什麼樣的姿態。

當我一走出電話室，就看見相良坐在椅子上，用手帕壓住眼角。小野站在她的身後，失魂落魄地盯著地面。指揮牧野謙三坐在離兩個人稍遠處，不停地咬著手指甲。這動作還算是挺紳士的嘛。至於男中音志賀笛人則是將兩手背在身後，將他那五呎八吋的身體向前彎躬，在低音大提琴周邊走來走去。這傢伙竟然還在扮演黎哥雷托！

就在這個時候，原聰一郎先生領著一群警官，浩浩蕩蕩地走了進來。

接下來發生的事情很難按照時間先後加以描述。如果我是偵探小說迷的話，對於警官為什麼要出現在這種場合，想必早已了然於胸。可悲啊！我竟然連警部和刑警都分辨不出來，還以為人家是低層的小嘍嘍，豈料這些被我看扁的傢伙之中有的竟是檢察官，真是丟臉丟到了家。這些人似乎有點興奮過度——畢竟被害者的狀態是如此詭異，讓視命案為家常便飯的警察們也變得鬥志激昂了起來。他們就像跑馬燈一樣不斷地進進出出，看得我頭都暈了。

因此我決定不按事情發生的先後順序，而是依照當時警官調查出來的結果，將傳進我耳中的事實一點一滴地記錄下來。

首先是法醫，好歹我還看得出他的身份。畢竟他手提出診包，又從出診包裡取出聽診器，任誰都能一眼看出他是法醫。根據法醫檢查的結果，可以知道以下兩件事：

一、死因：勒斃——或說是掐死。

二、研判死後時間：十六至十八小時。

法醫驗屍的時間是二十日下午三點左右。若從這個時間倒推，大致可以估算出原櫻是在十九日晚上九點到十一點之間遇害的。原櫻在十九日晚上八點半左右離開D大樓飯店，自此下落不明。這和犯案的時間完全吻合。

當時我還很佩服法醫，沒想到他們的鑑識能力竟然精確如斯。但過沒多久，我立刻嚇得整個人從椅子上跳了起來。現在可不是佩服的時候，因為在原櫻歌劇團的相關人士中，當時人在大阪的就只有我跟相良千惠子。如此一來，就只有我們兩個人有犯案的嫌疑了。而相良是個女人，就算要殺人，她也應該不會使用那種粗暴的手段。也就是說，會被懷疑的就只有我了……。一想到這點，我才發現自己的腋下冷汗直流。接著我突然察覺到了另一件事。

等等，當時人在大阪的只有我跟相良兩個人嗎？不，沒那回事。除了我們之外，應該還有一個人，那就是男中音志賀笛人。他跟我搭同一班火車西下，因為有事要去神戶，便直接前往三之宮。神戶和大阪近在咫尺，因此去了神戶的志賀就跟留在大阪的我一樣可疑。沒錯，他也是一個可疑的人物。

發現這一點之後，我總算稍微平靜了下來。反正倒楣鬼又多了一個，讓我膽子大了些。話是這麼說沒錯，當檢察官追根究底地問起我十九日晚上的行蹤時，我還是被問得暈頭轉向、張惶失措地不知如何是好。我是個膽小鬼，「警察很可怕」這個觀念在我孩提時代就深植心中，所以一被警察盤查，我怎樣也無法保持平靜。事後回想自己當時有沒有亂講話時，冷汗就像自來水一樣，不斷地從腋下冒出，身體也一直發抖。聽起來很窩囊，可是我就是這麼沒用。檢察官似乎真的跟我抱持著相同的想法，在問完我的口供之後，好像也問了相良和志賀不少問題。他們的回答內容我無從得知，不過，等到他們兩個人的問話結束，走到眾人身邊的時候，我看到他們兩人也是一臉鐵青，額頭滿是汗珠，想必也吃了不少苦頭。

針對我們三個人的問話結束之後，總算輪到下一個問題——低音大提琴。關於這個部分，最先接受盤問的是低音大提琴手川田。由於問話過程是在眾人面前進行，所以在一旁的我也聽得很清楚。川田似乎先在腦中將要點整理了一遍，簡潔扼要地回答著。

「在這次大阪公演中，伴奏是由大阪交響樂團負責。不過因為指揮是由牧野老師擔任，所以身為弟子的我及長號手蓮見也從東京趕來參與。昨晚，也就是十九日晚上，我跟其他人一起搭乘十點十五分從東京出發的火車。大家都知道低音大提琴的琴身大於乘車規定，並不能帶進客廂，所以我在上車之前就把它交給東京車站的託運人員了。要是各位懷疑的話，大可以去問他們。低音大提琴的體積大歸大，倒是不會重，裝進琴箱裡還可以提著走。我想只要去問問東京車站的託運人員，應該就能知道我當時託運的琴箱的重量。之後我將行李票交給了雨宮，他是土屋經紀人的助理。經紀人已經先一步到大阪去了，所以東京方面的善後工作都由他負責。從我在東京車站把琴箱交給託運人員之後，直到剛才打開琴箱這段時間，別說是摸了，我連看都沒看過這只琴箱。我可以對天發誓，我在東京車站把它交給託運人員時，琴箱裡頭放的確實是低音大提琴。」

再來是雨宮，他已經緊張地無以復加，手足無措的程度比起我有過之而無不及。

「川田的確是把行李票交給我了。我把它跟其他的行李票用夾子夾在一起，再用護套包起來，放進上衣的口袋裡。今天早上一到大阪車站，我跟土屋經紀人馬上前往領取行李，可是當時行李還沒到達，於是我們先折回飯店，吃過中飯之後我再獨自去領行李。託運的行李除了低音大提琴之外還有其他幾件，一一對照之後，行李數量跟我手上的行李票數目一致，我想那些應該就是全部的行李，於是放心地回到這裡。可是，當時我卻漏掉了川田的低音大提琴。現在回想起來，當我第二次回大阪車站領行李時，川田的行李票就已經不見了。」

「這麼說來，你昨天從川田手中接過行李票，到今天下午去大阪車站領取行李這中間，有人抽走了那張行李票，是嗎？」

「我，我，我只能這麼想。嗯，沒錯，一定是那樣。」

「你有沒有印象是在哪裡被人抽走的？」

「這個嘛……這個嘛……我完全沒印象。」

「你是什麼時候從川田手中接過行李票的？」

「昨天，在火車裡……，我記得是從品川出發的時候。」

「你說你把它跟其他的行李票用夾子夾在一起，再用護套包起來，放進上衣的口袋裡，沒錯吧？有沒有可能是在火車上被人抽走了？」

「這個嘛，我想犯人的確有很多機會可以抽走它。因為火車上很悶熱，我把上衣脫下來掛在網架下方的鐵勾上。而且火車過了橫濱之後我就睡著了，到今天早上抵達京都時才醒來，這段期間我睡得很熟，完全不知道身邊發生了什麼事。」

「原來如此。不過你覺得有沒有可能是到了大阪之後，在飯店裡被人抽走的……？」

「嗯。我想犯人在飯店裡也有很多機會下手。不知道警方知不知道，我們包下了N飯店大廳的一部分作為辦公室。我一直把脫下來的上衣丟在那裡，在大廳裡進進出出。因為那間辦公室裡沒有電話，今天早上我又忙著應付各方打來的電話，所以……」

「原來如此。也就是說任誰都可以接近那間辦公室，是嗎？」

「是，是的。不過倒也不是那麼容易就讓無關人士接近，因為歌劇團的人常常會有事在那裡進出。」

「當然，土屋、志賀，還有相良也是如此囉？」

「嗯，土屋先生因為是經紀人的關係，在他前往報社奔走之前，自然是在那裡。至於志賀先生和相良小姐，我今天早上倒是完全沒看到他們進飯店。」

少根筋的我居然沒有注意到這段問答的意義。等到我聽到雨宮的最後一句話時，才發現警部正以異樣的眼光打量著我，讓我莫名地感到一陣不安。為什麼呢？為什麼警部要用那種眼神看著我？為什麼……為什麼……為什麼？就在我喃喃自語的時候，我突然心頭抽了一下，不禁向後踉蹌倒退了兩、三步。

天啊！這是怎麼一回事！這簡直就像是一道基礎數學題嘛。

一、犯人X必須是十九日晚上九點至十一點之間待在大阪的人。符合這項條件的人包括志賀笛人、相良千惠子、土屋恭三。

二、犯人X必須是有機會從助理雨宮的口袋裡抽走行李票的人。符合這項條件的人包括所有跟雨宮一同從東京搭車的人，以及土屋恭三。

三、符合上述兩個條件的只有土屋恭三一人。

四、所以犯人X即是土屋恭三。

3 CHAPTER

第三章

女中音的戰慄

我原本以為警部會立刻回過頭來繼續盤問我，沒想到他在問完雨宮之後，接著找來兩名合唱團的女性團員詢問。我原本不懂警部詢問她們的目的，不過聽到她們和警部的問答過程之後，我馬上就明白了。在這裡，我也把警部和兩位女性團員之間的問答記錄下來。

問：妳們兩位搭乘的車子在幾點抵達中之島公會堂？

答：兩點十分之前。

問：當時妳們是否看到了什麼可能跟這件命案有關的可疑事物？

答：是的，是有件奇怪的事。

問：那麼，請告訴我當時的情形。

答：好的。當我們下車之後，有一部車跟我們剛剛搭乘的車錯身而過，停了下來。我們原本以為車上的人一定是歌劇團的團員，便站在後台大門看，沒想到從車上下來的竟然只有駕駛和副駕駛兩個人。那兩個人從後座扛下低音大提琴的琴箱，把它立在後台大門邊，之後就頭也不回地上車走了。我們看到的就只有這樣而已。

問：除了駕駛、副駕駛和那只琴箱之外，沒有其他人在車上嗎？

答：是的，沒有了。我們原本還在張望，想看看他們把低音大提琴扛下車之後還會不會有人下車，沒想到車上卻空無一人。

問：當駕駛和副駕駛把琴箱扛下車的時候，他們的神情如何？是一臉沉重，還是輕鬆容易？

答：感覺挺沉重的。我們都知道低音大提琴並沒有那麼重，因此覺得很奇怪，不過卻沒有想那麼多……。現在回想起來，他們好像很慌張，但當時我們也沒想太多，完全沒有起疑心。

問：當時那兩個人扛下來的琴箱是不是就是這個？

答：應該是。嗯，不會錯，就是它。因為那兩個人將它從車上拿出來的時候，曾經差點失手掉到地上，琴箱的邊緣擦到汽車的腳踏板，刮傷的痕跡的確就在那兒。

問：那是什麼車？

答：福特的房車，但我們沒看到車牌號碼。

問：如果下次再遇到那兩位駕駛和副駕駛，妳們認得出他們嗎？

答：不確定。

他們之間的問答內容大致如上。

聽了這段問答，我才發現原來警察真不是省油的燈。當我們還在上演「驚詫不已大賽」兼「百種害怕表情秀」的時候，他們已經查出這麼多疑點。看來刑警並不是坐領乾薪不做事。

不過說真的，我並沒有閒工夫為這種事情感到佩服。警部才剛問完那兩位女性團員，馬上就回過頭來，劈哩啪啦地問我一大堆問題，害我再度緊張得左右張望。

警部實在是強人所難。他要我將當天，也就是二十日上午抵達大阪起，一直到下午兩點的行蹤詳實以告。但我又不是看著手錶在做事，怎麼可能一一正確地陳述出幾點幾分到幾點幾分我人在哪裡呢？那段時間中我就像是一隻疲於奔命的可憐鼠輩，不斷在三間報社、三間百貨公司、電台及會場之間來回打轉。

在我回溯記憶，盡可能詳實地交代完那段時間內的行蹤之後，不知道警部是不是因為對我的說詞很滿意，只敷衍地說了句：「可以了。」

昨天關於我的調查部分，就到此為止。

昨晚我亢奮地動筆寫下這段內容，居然越寫精神越好。再加上我很清楚警部在懷疑我，亢奮與害怕的情緒相乘，害得我一夜沒闔眼。我知道這樣會弄壞身體，但就是拿自己與生俱來的膽小個性沒辦法。早上醒來一照鏡子，我的眼窩深陷，消瘦憔悴的樣子就連我自己都覺得慘不忍睹。

今天是二十一日。一想到今天警部可能會用比昨天更嚴峻的方式質問，就讓我提心吊膽。孰料今天風向一轉，警部將焦點轉到其他人的身上。這下子我總算是鬆了一口氣，晚上寫手記的時候心情平靜多了。

不過，在提及今天發生的事情之前，我必須先講一下我們劇團目前的境況。畢竟凡事有先後，不按步就班來怎麼成。

大概是顧慮到我們的社會地位，警方並沒有採取強硬的手段拘留我們。相對地，我們所有人暫時都不得離開大阪。不過，與其說我們不能離開大阪，倒不如說是被關在N飯店裡比較貼切。原本住在D大樓飯店的原聰一郎先生，與打算到天下茶屋的親戚家叨擾的相良千惠子，兩人都自動地向警方要求改住到N飯店。先去神戶的志賀笛人原本就打算在一行人到達大阪時，前往N飯店跟大家會合，所以並不構成問題。

既使如此，沒人知道調查行動會持續到何時。對原櫻歌劇團而言，讓這十幾名演員成天在N飯店裡遊手好閒，實在是一大負擔。何況歌劇團重心的原櫻已死，歌劇團理應解散，但原聰一郎先生卻擔下了這個難以負載的重擔。先前我曾提到過，原聰一郎先生是財經界要人之家的名門子弟，或許由他接手也是件好事。

我今天早上起床一看報紙，繼昨天的晚報之後，今天各大報上仍然充斥著這起事件的相關報導。什麼「歌劇女王」、「世界知名的蝴蝶夫人」、「日本的國寶」之類的廉價形容詞紛紛出籠，其中甚至還有報紙將我所說的原櫻女士生平大事一字不漏地刊登出來。

那種東西一點兒也引不起我的興趣，我只在意那部將低音大提琴箱運到中之島公會堂的汽車。我想任誰都會覺得，那部車上的駕駛和副駕駛並不是嫌疑犯，他們必定是受嫌犯所託，才會把琴箱運到那裡。所以只要找到那部車，應該就能知道嫌犯的消息。我快速地瀏覽報紙，但是就算有報紙刊登了車子的事，卻還是沒有已經找到駕駛和副駕駛的消息，我想八成是早報截稿之前，警方還沒找到他們的緣故吧。

原櫻於前天晚上八點半左右離開飯店，前往某個地方跟兇手碰面，然後在九點到十一點之間遇害。兇手是怎麼藏屍的我不知道，但他確實是在今天早上從雨宮的口袋裡抽出行李票，領走了川田的低音大提琴箱，再將屍體跟琴箱裡面的低音大提琴調包，送到中之島公會堂。兇手在做這件事的時候應該會有許多風險，是什麼原因讓他甘冒風險，做出這種事呢？畢竟比起讓原櫻的屍體曝光，將屍體直接藏起來會安全得多。如此一來，只要一句「原櫻女士離奇失蹤」，應該就能夠瞞過世人一陣子了。

說不定犯人是想要利用這些小動作，讓人以為命案是在東京發生的，想要藉此誤導警方以為兇手在東京殺死原櫻後將屍體塞進低音大提琴箱裡送到大阪……，如此故佈迷陣。不過，這種事情只要一問東京和大阪兩地的託運人員，馬上就能知道犯人在玩什麼把戲。像低音大提琴這種行李大歸大，但東京、大阪兩地的車站都不可能把它當作一般行李草率處理，經手人員一定會對它有印象。再怎麼說，低音大提琴和屍體的重量相差懸殊，只要經手人員對它有印象，就一定可以想起它的重量。

何況命案發生的時間，也就是十九日晚上九點到十一點之間，原櫻人在大阪是再確定不過的事了。她不只有相良陪伴，D大樓飯店的領班也可以證明她進了飯店，因此就算犯人玩弄這些小動作，也不具任何意義。我真的不懂為什麼犯人要這麼做。但越是不懂，越讓人在意。犯人到底在打什麼鬼主意？

當我在飯店大廳的角落苦思不解的時候，聰一郎先生正好下樓朝我走來。

「嗨。」

「早安。」

「你睡不著啊？你看起來很憔悴唷。」

「因為我很擔心……」

「擔心？」

「是的。老師她丟下我們走了，我真的不知道接下來該怎麼辦。我知道在這種時候想這種事情很自私，可是……」

「沒那回事。任誰都是一樣的。人不為己，天誅地滅。我想這件事情總會過去的。」

「往後就請您多費心了。」

「嗯。對了，我正好有件事要麻煩你。你可不可以去幫我打這封電報？」

「好的，我知道了。」

「那麼，就拜託你了。啊，好睏、好睏。我昨天也沒睡好，我要去睡個回籠覺了，有事再叫我。」

等到聰一郎先生上了二樓，我拿起他委託的紙張一看，上面寫的是：

原櫻遇害　勞駕出馬

收件人是住在東京麴町區三番町的由利麟太郎。

咦，由利麟太郎……？這個名字好像在哪聽過，但我怎麼也想不起來那是怎樣的人。不過這種事想不起來也無所謂。

當我打完電報回到N飯店大廳時，歌劇團一行人也陸陸續續地起床了。每個人看起來都是一夜未眠的樣子，慘白著一張臉，眼窩凹陷無神，尤其是相良跟小野的臉色簡直是慘不忍睹。相良是女人，害怕也是理所當然的，但連小野這個大男人也一副驚神未定的樣子。

小野傾慕原櫻這件事在音樂界早已人盡皆知，然而從昨日至今，他的態度卻顯得有點反常。他表現出來的害怕反倒多過於悲傷，我感覺他好像有心事，這傢伙對於這次的事件一定知道些什麼。

就在一群人食不知味，沈默不語地扒著早飯的時候，昨天那位警部帶著兩、三名刑警走了進來。事後我才知道這位警部名叫淺原，他似乎是這起命案的主任。

警部看著我們說：「不好意思，打擾你們用餐。我有幾件事情想要請教各位，可不可以麻煩大家到這裡集合？」

說完後，他帶著我們來到N飯店的經理室。這裡雖說是飯店，不過卻似乎被當作臨時的調查總部。

淺原警部站在大辦公桌的另一端，要我們站在桌前一字排開。他彎腰向前，一臉儼然主考官的神情，左右掃視我們的臉。然後他看著我問道：

「土屋先生，請你確認一下，所有人是不是都到齊了？」

我點了一下人頭，唯獨不見聰一郎先生的身影。我告知警部之後，不多久刑警就帶著睡眼惺忪的聰一郎先生進來了。這下所有人總算是到齊了。

「真不好意思，在您睡覺的時候吵醒您。既然大家都已經到齊，我就要開始詢問了。事實上，是關於這一張紙，不知道有沒有哪位看過？相良小姐，麻煩妳看一下……」

警部從折疊式公事包中拿出來的是一張光不溜丟，全新的白紙。相良從警部的手中接過，皺眉一看。

「嗯……，我沒看過這張紙，有沒有哪位……？」

就在我想要伸手的時候，警部突然冷不防地越過桌子，奪走了那張紙，接著一面在大家面前晃動那張紙，一面說道：

「有沒有哪位看過這張紙？這張紙事關重大，如果哪位知道的話，請說出來不要隱瞞。傷腦筋啊，好像沒有人看過，不過還是謝謝大家……。也就是說這邊都沒人看過這張紙，喂，木村，好像沒有人知道，你去幫我跟署長講一聲。」

刑警聞言，拿著那張紙忙不迭地出了房間。這個時候，身旁的聽一郎先生用手肘碰了我一下。我下意識地回過頭去，聽一郎先生竊笑著說：「指紋啦。不過……，為什麼警方會需要相良的指紋？」

聽到聽一郎先生這麼一說，我才恍然大悟。媽的！這麼說來，警部剛才那麼做，只是為了採集相良的指紋所設下的圈套。可是，為什麼會需要相良的指紋？我跟聽一郎先生一樣摸不著頭緒。

等到刑警走出房間，警部再度打開折疊式公事包。

「其實我之所以請大家集合，是想要請各位看一樣東西……，也就是這個。」

警部從中拿出來的是原櫻的手提包。

「我原本昨天就想請各位確認了，但因為各位的情緒都很激動，所以我才會等到今天。誠如各位所見，這是原櫻女士的手提包，我想也許裡頭少了什麼東西……。相良小姐，妳是原櫻女士死前最後一個跟她接觸過的人，不知道妳有沒有印象，在原櫻女士的持有物當中，有沒有什麼是現在不在這個手提包裡的……」

警部一面說，一面用魔術師般的動作從手提包裡拿出一堆物品，將它們排放在桌上。女用錢包、粉餅、小鏡子、手帕、旅行用化妝包、指甲刀、喉糖、樂譜。

相良目不轉睛地看著警部的動作，突然深吸了一口氣，然後跑到桌子前面。

「請問……，只有這些嗎？手提包裡的東西就這樣而已嗎？」

「是的。這些就是全部了。原本還有其他的東西嗎？」

「啊，那個……，老師的項鍊……」

聰一郎先生聞言，突然伸長了脖子一探究竟。

「哦，原來如此，項鍊好像真的不見了。」

「你們說的項鍊原本確實裝在這只手提包裡嗎？」

「嗯，我確實看到了，在品川之前……，不，當老師在品川那一帶打開手提包的時候，我確實看見裡頭裝了一個綠色的天鵝絨珠寶盒。那是裝項鍊的盒子，老師說她在這邊有一場歡迎會，非得戴它出席不可……」

「那條項鍊的價位如何？」

「這個問題就由我來回答吧。那條項鍊是內人前幾年出國旅遊的時候在義大利拿坡里買的，是一串頂級的珍珠項鍊。我想時價應該值五萬圓。」

聽到時價五萬圓，房間裡突然變得一陣靜默。就連坐在旋轉椅上的警部也變得有點激動，僵硬地動著身體。

「這麼說來，您也確定當天您的夫人帶著那條項鍊搭車嗎？」

「不，我並沒有看到內人帶著它出門。不過就像相良剛才所說的，大阪這裡的支持者準備為內人舉辦歡迎會，我想她為了歡迎會，一定會帶著那串珍珠項鍊來大阪。」

「那麼，也就是說那串項鍊被犯人偷走了？」

「大概吧。如果不在那只琴箱裡的話……」

這個時候，剛才走出去的木村刑警快步走進來，不知道在警部耳邊低聲說了什麼。警部聽了之後，愉快地笑著說：

「噢，這樣啊。那麼等我們達成共識之後，你再把我先前交待過你的那個帶過來這裡。」

木村刑警離去之後，警部再度看著我們。

「我對項鍊的部分非常感興趣，說不定可以從中找到什麼線索。對了，相良小姐，我有一點事情想要請教妳……」

「是。」

「十九日晚上，妳是不是跟原櫻女士一起搭乘八點抵達大阪車站的火車？然後……，然後妳說發生了什麼事呢？可不可以麻煩妳再說一遍？」

「嗯，那個……」

相良忽然變得面如死灰，我很擔心她會不會突然倒下來。過了好一陣子，她才鼓起勇氣，斷斷續續地小聲說道：

「嗯……，就像我昨天所說的，我跟老師在大阪車站前面分開之後，就搭電車到天下茶屋的親戚家，在那裡過夜……」

「啊，等一下。妳該不會是送原櫻女士到D大樓飯店之後，跟著她一同進了房間……」

「沒有，沒有。絕對沒那回事……」

「是嗎？可是妳這麼說反而奇怪，因為原櫻女士的房間門把上只有妳的指紋。」

我這個時候才明白為什麼剛才警部要採集相良的指紋。我悄悄地回頭往聽一郎先生的方向看去，他只是一臉不可思議地交互望著相良和警部。相良沒有說話，咬著唇角，臉色反而比剛才多了幾分血色。

「相良小姐，能不能請妳說明一下這是怎麼一回事。」

警部眼看相良答不出話來，拍拍桌子做了個暗示。木村刑警立刻帶了一個男人進來。一看到那個男人，我不禁心想，這張臉好像在哪裡見過……

「相良小姐，聽說昨天晚上原櫻女士出現在飯店的時候，她的臉上罩了一層厚厚的面紗，飯店的人完全看不見她的臉。而妳有一件跟原櫻女士一模一樣的毛皮外套，是嗎？不好意思，能不能請妳穿上那件外套，再用面紗把臉包起來給這位先生看？他是D大樓飯店的櫃台領班，昨天晚上負責接待原櫻女士……」

「不用那麼麻煩。」

相良突然站起身來，我還以為她會激動地上前與警部對質，沒想到她卻站在原地，一字一句用力地說：

「前天晚上，冒用老師的名字前往D大樓飯店的人確實是我沒錯。可是，我絕對沒有做出不該做的事，是老師拜託我這麼做的。老師……，原櫻老師她好像有什麼非辦不可的事情，在品川下火車之後，就折回東京去了。」

女中音乾淨爽朗的聲音，響徹了整個房間。

4 CHAPTER — 第四章

謎樣的樂譜

警察果然了不起。當我們腦中還處於一片空白的狀態時，他們就已經發現了那麼多線索，果真不可小看。

他們竟然能夠發現前往D大樓飯店的不是原櫻，而是她的替身——相良千惠子，這個發現真是令人意外。所謂的晴天霹靂，指的正是我現在的心情。換句話說，我當天晚上著急地到處尋找的人不是原櫻，而是相良千惠子？搞什麼鬼！

「相良小姐，妳應該很清楚這件事情對於這起命案具有多麼重大的意義吧？」

淺原警部隔著桌子伸長了脖子，認真地觀察相良的表情。

「嗯……」

就在相良好不容易鼓起勇氣要說的時候，她卻突然又變得神經質起來，好像要把手帕扭斷似地用力揉著。一群人的視線目不轉睛地盯著相良瞧，一動也不動。在讓人緊張到幾乎喘不過起來的氣氛之下，警部和相良之間的一問一答持續進行。

「按照妳剛才所說，假使那天晚上原櫻女士沒來大阪，中途就折返東京了，那麼這起案件可是會變得完全不一樣了。該不會是妳……」

「不，你的說法並不正確。」

「不正確？」

「那天晚上，老師應該還是來大阪了。我們是那麼說好的。」

「相良小姐，這到底是怎麼一回事？能否請妳原原本本地說明一下當時的情形，為什麼原櫻女士會中途折返東京？妳又為什麼要當她的替身？看情形，也許我們得改變調查的方向也說不定。希望妳能將知道的事情一五一十地說出來。」

相良不斷地揉著手帕，過了良久才以一種字字思考的緩慢語氣說出事情的經過。

「這件事情你們警方遲早會知道，或許我早點說出來也好。不過，昨天發生的那件事未免太過意外，讓我整個人慌了手腳，才會來不及說出口。老師和我原本要搭十九號上午十點開往神戶的火車西下，這是原本就預定的行程，所以師丈原聰一郎先生、男高音小野先生，還有助理雨宮都來到東京車站為我們送行，當時小野先生送了老師一束玫瑰花。在發車之前並沒有發生什麼奇怪的事情，等到火車發動不久，老師突然變得心神不寧，對我說：『我有件事情非辦不可，要到品川去一趟，妳自己一個人先去大阪……』我聽了大吃一驚，但老師不理會我，繼續說道：『這件事應該馬上就可以辦妥，我會搭下一班火車，今天晚上到大阪。』我想各位應該知道，繼十點的火車之後還有一班十一點十五分出發的火車，只要搭上那班車，就可以在當天晚上九點八分抵達大阪。老師說她會搭這班車追上來……。然後老師又突然想起什麼似地說：『可是大家都知道我會搭這班火車到大阪去，我想經紀人土屋先生一定也會等我，要是我晚一小時到的話，大家一定會覺得很奇怪。我知道這麼要求妳很過份，可是只要一個小時就好，麻煩妳暫時當我的替身。』」

一群人屏氣凝神，悄然無聲地側耳傾聽相良的一字一句。「靜得連一根針掉在地上都聽得到」想必就是用於形容這種時候。在這種鴉雀無聲的氣氛之下，相良又繼續說了下去。

「當時老師說：『我和妳不論是身材、相貌都很神似。而且我們穿著同樣的外套，要是再在臉上罩上一層面紗，我相信應該能夠暫時瞞過眾人的耳目。妳就代替我去D大樓飯店，只要讓他們以為我搭八點的火車到大阪就行了，之後妳只要隨便找個藉口外出，一個小時之後，我就會假裝剛從外面回到飯店的樣子……』老師說話的神情非常認真，該怎麼說呢，她眼角泛淚的神情實在讓我難以拒絕，我只好答應了。老師還說：『比較麻煩的是飯店住宿單上的簽名和土屋先生。住宿單就說妳手指受傷，暫時拖延一下時間，之後我再自己去簽。至於土屋先生，我想他一定會到大阪車站來接我，妳要設法甩開他，早一步抵達飯店，然後在土屋先生趕過來之前外出就沒問題了。有任何狀況就麻煩妳隨機應變。總而言之，只要暫時不讓任何人知道我從這裡折回品川去就行了。妳千萬不能被人看破啊，這對我可是生死攸關的事……』」

「生死攸關的事……？原老師是那麼說的嗎？」

「是的。老師她確實那麼說了。而且她不光是嘴巴上這麼說，當時老師的表情、說話語調，好像都在害怕著什麼……」

「等等！」

淺原警部制止相良繼續說下去，把臉轉向聰一郎先生，說道：

「原先生，我想要請教您，最近有沒有什麼讓夫人感到受威脅令她害怕的事情？」

「這個嘛……我完全沒概念。」

聰一郎先生挑起眉毛，神色微慍。

「這麼說吧，我們之間相處的態度是井水不犯河水，她過她的、我過我的。我們平常過著截然不同的生活型態……。不過，要是發生那麼嚴重的問題，她就算不跟我商量，光看她的神色，我應該也能從中窺知一二。但是我這次真的完全沒有個底。」

「其他人知不知道這件事？」

一群人手足無措地面面相覷，卻沒有一個人知道是怎麼回事。不過，看得出來警部並不期待會有人知道，所以也沒有露出失望的神色，而是再度轉向相良。

「不好意思，打斷妳的話。那麼請妳繼續說下去。」

「嗯，大概就是剛才我說的那樣了。我們急急忙忙地將我剛才說的部分推演了一遍，老師就在品川下車了。於是我拿著老師交給我的行李箱……，但花束是老師自己帶走了。當我抵達大阪的時候，幸好沒有在車站看到土屋先生，便雇了一輛車前往D大樓飯店，順利地住進土屋先生事先幫老師訂好的房間。休息了五分鐘左右，我擔心要是土屋先生來了發現我假扮老師，事情會變得一發不可收拾。於是沒待多久，我就從飯店前往天下茶屋的親戚家。我知道的就只有這些了。要是我昨天講出來就好了，可是昨天真的慌了手腳，我以為只要老師晚一班車趕來，應該不會造成什麼大問題才是……」

相良說出憋在心裡的話之後，看來總算放下了心中的一塊大石。不過，她還是憂心地看著警部。警部接著又問：

「根據妳剛才的說法，原櫻女士在上車之前並無異狀，是嗎？」

「是的。」

「所以她是上了火車之後，才突然變得心神不寧的嗎？」

「嗯……這個嘛……」

「是？還是不是？」

「嗯，那個……，我現在回想起來，老師在上車之前，還在月台上的時候就有點不對勁了。當時出了一點小問題，從那時起老師就有點心神不寧的。」

「出了一點小問題？」

「嗯，那個，怎麼說……」

「相良小姐，妳應該很清楚這起命案非同小可，請妳把所看到的事情全部都說出來，即使是妳覺得跟這起命案無關的芝麻小事也無妨。判斷妳說的事跟命案是否相關，是否值得追查，那是我們警方的工作。」

「嗯……，其實事情是這樣的。我剛才也說過，到東京車站送行的小野先生送了老師一束玫瑰花。老師很高興地收下了那束花，但當時從那束花……，我想應該是從那束花掉下來的沒錯，但事後老師卻說沒那回事。總之，當時有一張紙片掉落在月台上，剛好就落在我身邊。我撿起來一看，那是一張樂譜。我將它遞給老師，她一副不可思議地樣子看著樂譜，臉上突然露出驚訝的表情，然後急急忙忙地將它收入手提包裡。我想老師應該是從那個時候開始變得不對勁的。火車一開動，老師馬上就從手提包裡拿出那張樂譜，好像認真地在研讀什麼。」

「妳說的該不會是這個吧？」

警部皺著眉頭，從攤開在桌上的手提包裡拿出一張樂譜遞給相良。相良接過一看便說道：「嗯，就是它沒錯。這裡有個像蜘蛛般的墨水漬，我的印象很深刻。」

「也就是說，原老師是在看了這張樂譜之後，人才變得不對勁的？」

「嗯。」

「可是，究竟是為什麼呢？這張樂譜裡暗藏了什麼玄機……」

「借看一下。」

指揮牧野謙三從一旁伸出手來，拿起那張樂譜細瞧之後，對警部說道：

「警部先生，請您聽聽我的看法。這並不是樂譜喔。」

「不是樂譜……？」

「是的。乍看之下這張五線譜上畫了很多音符，所以才會被誤以為是樂譜。但只要拿給稍微懂一點樂理的人看，馬上就會發現世上不可能會有這種蹩腳的樂譜。這裡聲樂家雲集，請他們看看就知道，這根本唱不得。也就是說，這張五線譜根本不合樂理。」

「這麼說來，這該不會是暗號……？」

「我不知道它是不是暗號。我想說的只是這並不是樂譜，如此而已。」

牧野斷斷續續地說完他的看法，之後房間內又陷入了悄然無聲的狀態。而且任誰都感覺得出來，這次的靜謐比先前更多了點深沉的不安與恐懼感。這股無法言喻的畏懼感和疑慮壓得我差點喘不過氣來。

雖然牧野說他不知道那是不是暗號。然而，只要專心聽相良說完，任誰都會懷疑那張樂譜裡隱藏了暗號。這張樂譜裡若真的隱藏了暗號……。這個疑慮在我們這群人心中埋下不安的種子。荒唐、荒唐、荒唐！那是一個不折不扣的暗號啊。身為音樂人，任誰在製作暗號的時候，都會先想到要利用樂譜。可是、可是、可是……

警部以看到不可思議的東西的眼神，掃過在場人士的臉。他的眼神中狐疑之色漸濃。就在警部忍不住想要說話的時候，牧野謙三幾乎跟他同時開口。好傢伙！他先是裝模作樣地乾咳了一聲，一開口，話就像是決了堤似的，一口氣將蟄伏在我們內心的不安種子硬生生地挖了出來。

「警部先生，你會覺得我們可疑不是沒有道理的。瞧瞧我們，每個人都是一臉知情不報、圖謀不軌的表情。可是，我們絕對不是這起命案的共犯。至於為什麼我們這些人會是一臉陰陽怪氣的表情呢？這是有原因的。如果你是東京的警官的話，你一定會跟我們一樣露出這種心神不寧的表情……」

牧野講到這裡，再度不自然地清了清嗓子。

「藤本章二……，你們知道這個人吧？一個知名的唱片歌手，流行樂界的寵兒，《我心如雨》是他出道的第一首歌。他在今年五月遇害，犯人至今還沒抓到，案情陷入膠著。這件命案給我們添了很多麻煩，由於命案涉及到很多音樂人，使得幾樁音樂界的醜聞浮上台面，所以我們對這件命案的印象很深刻。當藤本章二遇害的時候，他手上也握著一張樂譜，一張謎樣的樂譜。跟現在一樣，當初也有很多人懷疑那是不是一個暗號。」

室內再度陷入一陣沉默。過了好一會兒，牧野才用他那不自然的乾咳聲打破沉默。

「當警部先生提到那張樂譜可能是個暗號的時候，我們腦中不約而同地浮現的就是那起命案。換句話說，大家的心中湧起了一個不確切的疑問……，所以我們才會異常地心神不寧。」

警部吊起雙眉，厲色說道：

「藤本章二的命案……，嗯，我聽說過。至於樂譜的暗號……，聽你這麼一說，我好像也聽說過。所以你們認為這一次的命案跟藤本章二那起命案有關囉？」

「不，沒人……，至少我不那麼認為。雖然大家都是音樂人，但流行歌手和在座這幾位真正的音樂家可說是完全不同領域的人。特別是像原櫻女士這種大師，我實在無法想像她跟藤本章二之間會有什麼瓜葛。從這兩起案件的共通點看來，就只有樂譜的暗號這一點而已。音樂家要做暗號的話，自然會選擇樂譜……」

「這麼說來，你們當中完全沒有人認識藤本章二嗎？」

警部打斷牧野的話，瞋目環視眾人。面對警部嚴峻的眼光，我們這群人連氣都不敢喘一下，連我也有一種無法呼吸的感覺。因為大家都知道，我們當中有一個人和藤本章二的交情深厚，不，或許該說是剪也剪不斷的緣份。

「我跟藤本很熟。他是我的弟子。」

男中音志賀笛人的聲音緩緩地從一群人身後傳來。哎呀呀，他終於報上姓名了，裝作不認識不就沒事了……

「你……？」

「是的。」

「這麼說來，你應該很清楚藤本章二的私生活了？」

「當藤本遇害的時候，東京的警察就已經問過我很多遍這個問題了。」

志賀略帶悲愁的臉上，浮現出一抹帶有幾分疲憊的淡淡笑容。

「不過我對他的私生活完全不清楚。藤本雖然是我的弟子，但他拜在我的門下不久之後就轉往唱片界發展。而且他那麼受歡迎，最近我們已經漸行漸遠。因此如果你問我這群人當中，除了我之外還有沒有人跟他有任何瓜葛，我也無法回答你這個問題。還有一件事情我要先說清楚，當藤本在東京遇害的時候，我人在大阪。」

「原來如此。」

警部細細咀嚼剛才志賀說過的話，突然又挑起眉毛地說：

「在這次的命案中，當那張暗號樂譜在東京車站送到原櫻女士手上的時候，你人也在大阪，是嗎？」

就在這個時候，男高音小野發出令人屏息的尖叫聲。我剛才就已經注意到，小野在這之前就顯得異常地心神不寧，不斷地反覆緊握雙拳、攤開手掌的動作，再不然就是嘴唇發顫，看來他終於忍不住要爆發了。

「不對！不對！」

「咦？什麼……」警部反射性地回頭看小野。一看見他的臉色，警部旋即皺起了眉。

「小野先生，你說什麼不對？」

「那張樂譜……，那張樂譜並不是從花束中掉下來的。相良她誤會了。我……，我並沒有將那種東西夾在花束中！」

「噢，原來你指的是那件事啊。這張樂譜出自誰手的確是個問題，如果不是從你送的花束中掉下來的，那麼是從哪裡掉下來的？」

「這我也不知道。當時的事情我並未記得很清楚，因為我並沒有察覺到它竟然具有那麼重大的意義，也就沒有特別放在心上。可是我敢發誓，那張樂譜一定不是從花束裡掉下來的！」

小野為什麼要因為這點芝麻小事大動肝火呢？他為什麼要為此把自己弄得滿頭大汗、劍拔弩張，甚至氣喘吁吁呢？警部一定跟我一樣，對這點感到懷疑，但他卻故意假裝沒發現似地問道：

「原來如此，可是這麼一來，當時還有誰在原櫻女士的身邊？我已經知道你跟相良小姐當時在場，除了你們之外還有……」

「還有我吧。」

原聰一郎先生不疾不徐地說。

間奏曲

三津木俊助曰：「土屋恭三氏的手記就引用到此。這部手記的內容還很多，而且饒富趣味，要是繼續引用下去，由利大師和我將永無亮相之日。在此我只好忍痛打斷土屋的手記，接下來將從由利大師和我的角度回顧這起命案。當然，如果需要的話，接下來的部分我會隨時參考土屋的手記。

就暗號而言，本章的謎之樂譜其實非常幼稚且基礎，我想各位讀者只要稍微動動腦，應該就能迎刃而解。在此附上這份樂譜，請各位試試。」

5 CHAPTER

第五章

砂包

「三津木，我希望你能搭今晚的夜車去大阪一趟，不用我多說你也應該知道為的是什麼吧。蝴蝶殺人事件是最近最受矚目的案件，還不知道今後案情會如何發展，目前我們報社在大阪分社裡最能幹的記者都已經調去採訪這個案子了。不過由於涉案關係人全都是東京人，再加上牽涉到藤本章二命案，我們這邊最好也派一個人前去支援。」

十月二十一日傍晚，新日報社的總編輯田邊先生吩咐我前往大阪採訪蝴蝶殺人事件，由於藤本章二命案再度捲入其中，當天東京的每份晚報無不將這則新聞炒得沸沸揚揚。我片刻都等不及，急著離開報社去準備出發，這時田邊先生叫住了我。

「我的話都還沒聽完就要走，你這人真性急。」

「是，還有什麼事嗎？」

「倒也不是什麼大事，只是不知道你那個由利大師最近有沒有空？要是他方便的話，我希望你能夠請他出馬……，費用當然全由報社支付。」

此時桌上的電話忽然響起。田邊先生皺起眉頭，不耐煩地拿起話筒，但說不到兩句話就眉開眼笑地把話筒遞給我。

「說曹操，曹操就到。由利大師打電話找你，你可要好好拜託大師幫忙唷。」

其實這哪有什麼拜託不拜託的，當我聽完由利大師打來的電話，立刻露齒大笑。

「由利大師也要搭今晚的夜車到大阪去。為了這起蝴蝶殺人事件，被害者原櫻的丈夫原聽一郎先生發了一封電報向由利大師求助。由利大師剛才打電話來就是問我要不要跟他一塊兒去，今晚十點在東京車站會合。田邊先生，你還有其他的事嗎？」

我也不管田邊先生有沒有聽到我最後那句話，就直接衝出總編輯室到社內的調查部查閱案件相關人士的基本資料。

「三津木先生要去大阪出差啊？」

「嗯，為了蝴蝶殺人事件。」

「這次由利大師不去嗎？」

「不，大師當然也要去。看來我們又要再次攜手合作了。」

「聽到三津木先生這樣說真是太好了，想必不久之後就可以看到精彩的報導了吧？」

「嗯，敬請期待。那我走囉。」

由利大師和我都是守時的人。十點一到，我前一秒才剛在東京車站的乘車處下車，由利先生下一秒就從隨後抵達的車中鑽了出來。一看見由利大師，我不禁笑了出來。

「你還是一樣準時……」

「大師你也是，就像基督山伯爵一樣分秒不差……」

我們相視一笑。

我們搭乘晚上十點十五分從東京出發開往神戶的火車。事後回想起來我才注意到，這班火車就是前天晚上原櫻歌劇團一行人所搭乘的班次。我們在火車上幾乎沒有談到那起命案，因為大師主張在實際參與調查之前，盡可能先不要多加臆測。當我說出我在社內調查部蒐集到的資料時，大師只是點了點頭，表示他知道了，看來大師在出發之前也已經大致調查了一番。不久我們便相繼進入夢鄉。這班火車準時在二十二日上午八點七分抵達大阪，我們在車站餐廳裡草草用過早餐後，由利大師跟我兵分兩路，他到位在北濱的N飯店去，而我則前往新日報社位在櫻橋的大阪分社。我們約好了中午十二點在N飯店會合。

從東京動身之前，我先打了一通長途電話知會大阪分社，所以報社方面是由負責這起事件的島津在車站迎接我。兩年前我和島津在東京曾一起工作過，算是蠻談得來的。

「嗨！」

「嗨，辛苦哩。」

「多了我這個累贅，在大阪的這陣子要請你多多照顧了。」

「哪裡的話，有你在我就安哩。」

島津說話有一種奇怪的大阪腔。

「對了，今天早上我們家的報紙表現不錯唷，找到駕駛那件事就只有我們報社獨家報導，我在大阪車站看到的時候挺開心的。幹得不錯嘛，島津。」

「好說好說，託你的福，我好不容易才能負責市內版哩。吃過飯了嗎？吃哩？那先喝杯茶再慢慢聊吧。」

我們走進位在公司地下室的食堂。剛才我提到島津的表現是這麼一回事，將裝了原櫻屍身的低音大提琴箱運到中之島公會堂後台門外放置的駕駛和副駕駛，他們兩人已經被警方找到了。除了我們之外，任何一家報紙都還沒提到這件事。我中途在京都車站買報紙的時候，新日報的當地報紙也還沒提及，但抵達大阪之後，大阪市內版已經出現了幾行關於這條線索的文字報導。

「廢話不多說，你能不能把駕駛向警方說明的內容再說詳細一點？」

「好哩，關於這件事那兩個傢伙說的有點奇怪。」島津邊喝茶邊說明給我聽。

駕駛和副駕駛的名字分別是橋場龜吉與阪本銀造，這兩個人從二十日晚上起就在飛田遊郭(註)廝混，直到昨天深夜警方才找到他們。當他們被帶到這起命案的調查總部——曾根崎警局的時候，兩個人立刻就承認了，將低音大提琴箱送到中之島公會堂後門一事的確是他們做的。將他們的供詞整理後，那天的情形大概是這樣：

二十日那天剛過中午不久，他們開著未載客的空車由野田往櫻橋的方向駛去，經過福島時在某棟公寓前被一名男子叫住。這個男人身著黑色西裝、黑色大衣，頭戴黑色毛氈帽，大衣衣領豎起，帽簷拉得低低的，還戴了副大墨鏡與口罩。他們因此無法看出男人的相貌年齡。當時男人將低音大提琴箱直立著靠在身旁。

男人上車後要他們開往中之島公會堂，低音大提琴箱也一起被帶上車。因為男人戴著口罩，說話的聲音低到讓他們聽不清楚。當車行至櫻橋的時候，男人突然要他們停車，說是想起了要事必須在這裡下車。男人依舊用那種含糊不清、低到幾乎聽不見的聲音說：「不好意思，請你們幫我將這個低音大提琴箱送到公會堂的後台。」男人爽快地付給他們不少小費之後就急急忙忙地離開了。

男人形跡可疑的樣子讓橋場和阪本的心中突然起了疑心。副駕駛阪本回頭看了放在後座的低音大提琴箱一眼，說：「我先前曾看過這種像是小提琴放大版的東西，並沒有那麼重，樂手甚至可以單手提著走。可是剛才那個男人提著它上車的時候，卻一副重得要命的樣子，這未免太奇怪了，其中一定有問題……」

於是他們兩人行經中之島時並未前往中之島公會堂，而是繼續前進，從天滿渡過天神橋，再沿著淀川開到大阪郊外，將車子停在一個沒有人的河畔，打開低音大提琴箱確認。沒想到琴箱竟然沒有上鎖。

「當他們發現琴箱裡裝的是蝴蝶夫人的屍體時，嚇得魂都飛哩。奇怪的是，蝴蝶夫人的屍身上竟然覆蓋著滿滿的玫瑰花瓣。這件事情報紙也有刊登，你應該也知道哩。在玫瑰花瓣

註——風月場所。

中，蝴蝶夫人胸部的上方被放置了一張百圓紙鈔。」

「百圓紙鈔……？」

「對，就是它誘使這兩人幹下虧心事。他們兩人商量了很久，要是直接通報警方，那張百圓紙鈔也就非交出來不可哩，天底下哪有這種笨蛋哩？可是就算要私吞那張百圓紙鈔，也不能一直將屍體帶在身邊。因此兩人決定將百圓紙鈔據為己有，然後將屍體丟棄在公會堂的後台大門外。因為他們花了不少時間討論，才會那麼晚將琴箱送到公會堂。」

「原來如此。總而言之，嫌犯的手法就是利用那張百圓紙鈔誘惑他們兩人，藉此延遲他們將屍體送到公會堂的時間囉？」

「就是這樣哩。除此之外還可以讓警方晚些發現車子及犯案現場。從這些點看來，這可是一個工於心計、老謀深算的傢伙哩！這真是起不尋常的命案。」

聽到島津這麼說，我興奮得摩拳擦掌。好久沒遇到像這個兇手這麼難纏的傢伙了。

「話說回來，警方讓橋場和阪本確認過命案關係人的相貌了嗎？」

「昨天晚上做哩，可是似乎問不出個所以然。剛才我也說過，橋場和阪本他們完全看不到嫌犯的相貌。另一件棘手的事是，嫌犯似乎是個高大的男人，偏偏那群男性關係人個個都是五呎六、七吋以上的高個子。原櫻的丈夫聰一郎、男高音小野、男中音志賀與指揮牧野，就連經紀人土屋也是哩，每一位都長得人高馬大，也難怪指認嫌犯一事會沒有結果。」

我的心情變得越來越激動。

「照你這麼說，連警方也認為嫌犯就在歌劇團一行人當中了？」

「就是這樣哩。因為知道這個低音大提琴箱將被運到大阪來的就只有歌劇團的人，想到這一點，警方自然將嫌犯鎖定為歌劇團團員哩。就橋場和阪本指出的高個子條件而言，符合的就只有剛剛說的那五個人哩，更何況從原櫻昔日的交遊來看，這五個人更是撇清不了關係。只不過任誰也沒想到他們之中竟然有人會偷東西……」

「說到偷東西，我聽說有一串價值五萬圓的珍珠項鍊不見了。那該不會是橋場和阪本幹的好事吧？」

「不是哩，應該不是他們偷的。警方也曾經懷疑過，仔細盤問了他們一番，但兩個人的說法一致，都說他們雖然將百圓紙鈔據為己有卻沒有動屍體一根寒毛。他們兩個都不像是那種膽大包天的壞傢伙，所以他們說的應該是真的哩。啊，不過哩，如果說是裝著項鍊的手提包被壓在原櫻的身體底下，所以橋場和阪本完全都沒察覺到它的存在，也許更接近事實。」

「這麼說來是兇手偷了項鍊？這樣的話……」我向前湊近說，「那麼殺人現場也該找到了吧？」

「嗯，已經找到哩。這件事今天早上的報紙也提到哩，現場就在犯人攔車的福島曙公寓裡的其中一間房間。這棟曙公寓看起來是棟高級住宅，但與其說它是公寓，倒不如說是雜居大樓。既不用經由管理員室過濾訪客，還能公然隨意上樓。警方調查之下注意到，曙公寓二樓的一間房間上個月就被租走了，卻一直沒人搬進來住。那名房客事先付了三個月的房租，行李卻都還沒搬進來，形同空屋。警方覺得可疑，一調查之下便發現那間房裡果然有低音大提琴被人棄置的痕跡。還不僅如此哩，房間裡還有一個破砂包，砂子散落了一地。」

「砂包……？砂包又是怎麼一回事？」

我皺起眉頭，島津像是想起了什麼似地擊掌說道。

「我想起來哩，這件事情被警方禁止報導，所以每家報紙都沒有刊登。雖然說原櫻是被勒斃的，但她好像之前先被人用某種鈍器重擊頭部，暈了過去。而且原櫻的頭髮和外套上還沾了不少砂子，原本警方並不知道是什麼原因所致，到現場一看才恍然大悟哩。原來原櫻是被人用防空演習時所使用的砂包重擊頭部，砂包因此破裂，裡面的砂子都散了出來哩……，就是這麼回事哩。聽說那只砂包是曙公寓裡的常備物品。」

「這麼說來那裡的確就是殺人現場，應該沒錯吧？」

「就是這樣沒錯哩。就像相良說的，原櫻搭乘下一班火車，必定在十九號晚上就抵達了大阪，接著就被兇手用某種藉口帶到曙公寓。我剛才也說過哩，任誰都可以自由進出曙公寓，根本不用擔心會被他人注意到。而且那間房間位在邊間，案發當天又是鄰室房客的生日，那名房客找來了許多朋友一同慶祝，把唱片放得震天價響，吵得一塌糊塗，一丁點兒的聲響根本不會有人注意到哩。在天時地利之下，兇手用砂包擊昏原櫻再將她殺害，之後將屍體藏在那間房裡一個晚上。隔天再從經紀人助理的口袋裡偷出行李票，到車站領取低音大提琴箱，把它運到曙公寓，將屍體塞入其中再神不知鬼不覺地運了出來……，我想這起命案的前後經過應該是這樣哩。」

「原來如此，這麼說來十九號晚上待在大阪的男人，也就是經紀人土屋是嫌疑犯嗎？」

「還有另外一個哩，男中音志賀笛人。總之兇手應該就是這兩個人當中的其中一個……」

接著我們聊到了五個月前發生在東京的藤本章二命案。這時由利大師打了通電話來，他將要前往福島的曙公寓，要我也過去一趟。當時大師以異常亢奮的聲音，補充了一句。

「曙公寓的事……，你也知道了吧？」

「是的。我剛才聽說了。就是原櫻遇害的現場吧？」

「現場……？嗯，警方之前是這麼認為的，但現在又發現了新的線索。」

「新的線索……？」

「沒錯。說不定這個線索又會讓這起命案來個大翻盤。三津木，這起命案可不得了，這是一起經過犯人精心設計、深思熟慮的預謀殺人案。真是，真是，真是……」

6 CHAPTER

第六章

流行歌手之死

我已經好一陣子沒有跟由利大師一起辦案了，這是我第一次聽到大師的聲音如此亢奮。大師說出的一字一句聽起來都有種異常的恐懼，震動了我手上的話筒，衝擊著我的心臟。

「島津，大師說他馬上就會趕到福島的曙公寓！」

「哦，這樣啊，那你快去。」

或許是感染了我的緊張，島津在那一瞬間竟然忘了用他到了大阪才學會的大阪腔。

「你呢？」

「我就不去了，萬事拜託！我還有其他的事情，搞不好會出去採訪。不過我會隨時打電話回社內，所以若有事我們還是可以經由社內互相聯絡。要不要我幫你叫車？」

我坐上島津幫我叫的車，離開了位在櫻橋的分社。我的心臟因為期待與緊張，即使已掛上電話許久，仍舊狂跳不已。之後，我這股亢奮之情就這麼持續了一整天。

事後回想起來，這一天正是我們調查蝴蝶殺人事件的過程當中，所遇到的第一波高潮。之後接二連三地出現一連串新線索，讓我們這些從事調查的人全都陷入高度緊繃的情緒之中。

「三津木，這可不是普通的命案唷！這真是，真是一起犯人精心策劃的殺人案件。真是，真是……」

由利大師的聲音震動著我手上的話筒，他所說的話絕不是胡謅，而且一點也不誇張。在我漫長的記者生涯當中，如此令我心跳不止的經驗實在不多。

不過在我寫到這天稍後將發現的線索之前，我想先針對目前的問題，也就是藤本章二命案簡略地說明一下。發生在數月前的那起流行歌手命案，簡直就像是這起蝴蝶殺人事件的前奏曲。

根據我昨天在社內的調查部所搜集到的基本資料，藤本章二遇害的時間是今年的五月二十七日晚上。這起命案曾在社會上喧騰一時，不巧的是我跟這件命案並沒有太大的關係。因為當時我負責採訪另一起幾乎同時發生的官員暗殺未遂事件，等我將精力轉到藤本命案上時，社會大眾對這起命案已不再像剛發生時那麼感興趣了，而且警方也沒有發現可以刺激記者去探訪的新線索。這起命案就像一場傍晚下的雨，拖拖拉拉地懸而未決，直到蝴蝶殺人事件發生後才又再度被提起。藤本命案發生當時的確震驚了整個社會，因為藤本章二這個人的性格中實在具備了太多可能對社會風氣產生不良影響的元素。他是在遇害前兩年，也就是昭和十年（一九三五年）時發行唱片出道，第一首歌《我心如雨》為他奠定了人氣基礎。

這首歌將魏倫（註一）那首著名的詩配上甜美的日式編曲，透過藤本柔和溫軟的嗓音和細語呢喃的唱腔，為日本唱片界注入了一股新氣息，進而擄獲日本少女的心。這首歌不但歌詞改寫得好，曲子也是上乘之作。雖然如此，能夠獲得如此大的迴響還是要歸功於藤本獨特的唱腔。證據就是日後這首歌在戰後幾經翻唱，但都無法達到當初藤本造成的轟動。

後人翻唱的事就先不談，總之這首歌讓藤本一炮而紅，成了流行樂界的寵兒。他因此被稱為日本的帝諾．羅西（註二），這無異是一個最好的品質保證。當年他二十六歲。之後他推出一張又一張的唱片，每一首歌的詞曲都是為他那柔和溫軟的嗓音和細語呢喃的唱腔量身訂作，自然曲曲暢銷、風靡一時。

身為男人的我們委實不懂他的魅力何在，但對女孩子來說，他的歌聲卻具有不可思議的魅力。曾有一名素來嫻雅的女作家大膽地說出，「聽到藤本的歌聲就會覺得性興奮」這種話。

相對於此，有些評論家則對他的歌聲不以為然，認為他是一個「情色歌手」，說他那種耳語般的甜膩唱腔不過就是陷入情慾泥沼中的男子在臥房裡的淫穢呻吟聲罷了。然而這種毒辣的評論反而使得藤本受歡迎的程度更上一層樓，絲毫沒有形成不利於他的話題。

藤本第二暢銷的作品，應該要算是他在遇害之前所推出的《母親的模樣》。這張唱片之

註一——保羅．魏倫（Paul Verlaine, 1844～1896），法國三大象徵主義詩人之一，一八六六年出版第一本詩集《土星人之詩》（Poemes saturniens）而成名。魏倫於一八七二年時離開妻子，與小他十歲的法國詩人韓波（Arthur Rimbaud）一同在歐洲各國間流浪，一八七三年因酒後開槍誤傷韓波而入獄兩年。〈我心如雨〉（Il pleure dans mon coeur . . .）是魏倫為韓波寫的詩，收錄於一八七四年發表的詩集《無言的戀歌》（Romances sans paroles）中。

註二——帝諾．羅西（Tino Rossi, 1907～1983）原籍科西嘉的法國香頌歌手，一生錄製過上百張唱片，也多次參與電影演出。

所以大賣，除了它本身是一首好歌之外，由於當時藤本離奇的身世已廣為人知，社會大眾對此事的好奇心也是唱片暢銷的主因。

根據當時婦女雜誌、流行雜誌的報導，藤本是一個連父母是誰都不知道的孤兒。打從懂事以來他就被一對住在橫濱近郊，管理一座小牧場的夫婦所收養，直到他九歲為止。起初他以為這對管理人夫婦就是親生父母，但不久之後他便知道了事實並不是那麼回事。他出生之後不到一個月就被那對夫婦收養，然而這對夫婦卻在他九歲那年，因一場不幸的災難共赴黃泉。他們的死太過突然，根本來不及說出他親生父母的姓名。不但如此，這對夫婦身後也沒有留下任何提及藤本章二身世的證明文件，而且他們的親戚中也沒人知道他的親生父母究竟是誰。

幾年之後，一位知名的作曲家收藤本為弟子。與唱片公司簽約之後，藤本一躍成為流行樂界的寵兒。這幾年當中，他過著離奇的放浪歲月。

「所以我並不知道自己的親生父母是怎樣的人。但是在我的印象中，我隱約記得有個像是我的母親那樣的婦人。在我六、七歲之前，有個婦人大概每年會來看我一、兩次。那個婦人總會帶著小朋友喜歡的糖果或玩具來看我，偶爾還會帶衣服給我。她會在牧場的角落陪我玩上一、兩個小時，很有耐性地一直跟我說話。當時的我總是滿心期待她的到來，直到現在，只要我閉上雙眼，她的身影就會浮現在我眼前。當然，時間過了這麼久，她的身影或許已經被我一再美化，而與她原本的模樣相去甚遠了也說不定。但那也無所謂，反正我就將她的容顏視為母親的模樣，永遠記在心中。」

藤本的第二張暢銷唱片《母親的模樣》是他將自己的心境寫成歌詞，譜曲之後灌錄而成的。當時的藤本被眾多年輕女歌迷包圍著，生活淫靡不堪，他在澀谷的住處甚至被鄰人比喻成春色無邊的淫窟。儘管如此，他對母親的戀慕心情卻是深邃無比。從唱片中緩緩流洩而出的歌聲中隱藏著相見無緣的無奈，以及純粹如年少孩童般的赤子之心，讓人不禁在眼前浮現出一位母親的模樣。在他那淒楚哀怨、如泣如訴的歌聲中，傳達出一種難以明言、清澄無穢的鄉愁情感。

正當這張唱片不斷熱賣，歌聲傳遍每條大街小巷時，藤本章二卻遭人殺害了。

我先前已經說過，這起命案是發生在五月二十七日的晚上。那時他和一個有些耳背的嬤嬤兩人一起住在澀谷的代官山。那天晚上他放了嬤嬤一晚的休假，讓她到親戚家過夜。據說這種事情很常見，這意味著他有一個不想被他人見到的客人將來訪。

隔天清晨，嬤嬤回到家中卻看到藤本身穿睡衣，死在客廳的鋼琴旁。他的心臟部位有個像是被利刃刺進的傷口，從他胸口流出來的血將白色的琴鍵染成一片鮮紅。

就像土屋恭三先生在手記當中所提到的，這起命案不知對整個音樂界造成了多麼大的麻煩，影響之鉅實在難以估計。跟死者相關的桃色醜聞自是不在話下，就連音樂界內部私底下的勾心鬥角也一一浮上台面。音樂界人士的醜態畢露，成為世人的笑柄。

這起命案在音樂界引起軒然大波，可是命案本身卻成為懸案，警方不止沒發現凶器，就連犯人的下落也找不到。雖然有人聲稱當天晚上他看到了一個前往藤本家的女人的背影，但這個證言究竟有幾分可信度就無從而知了。整件案情猶如陷入五里霧中，唯一找到的物證就是緊握在屍體右手中的一截樂譜。那張樂譜似乎被兇手用蠻力扯去，藤本握在手中的部分不但皺成一片，而且只剩下幾個小節。

然而這一截樂譜卻受到警方的高度關注，因為這張謎樣的樂譜難免讓人聯想到它可能隱藏了暗號。像藤本這種生活中充滿了秘密的人，在進行不想讓人知道的私密通信時使用暗號根本沒什麼好大驚小怪的，而選擇樂譜做為設計暗號的方式更是理所當然。問題是在於如何解開暗號，並找出與藤本用暗號通信的對象。可惜的是這兩件事都無疾而終，畢竟那張樂譜上只剩下幾個小節，光靠這幾個小節，就算是再怎麼厲害的解暗號高手，要找出其中的關鍵也是不可能的。

從這個線索當中，警方只知道一件事，即那張樂譜可能是一個暗號。就是這一點讓藤本命案和蝴蝶殺人事件扯上了關係。

那麼藤本命案就說明到這裡，讓我們再度回到十月二十二日這天發生的事情。

7 CHAPTER — 第七章

沉重的行李箱

櫻橋和福島兩地近在咫尺，開車不用五分鐘即可抵達。當我搭的車子正要拐彎繞過偌大的曙公寓時，我看到停在公寓正前方的兩台車上下來了一群看似警察的人，由利大師也在其中。那群人先從公寓的正門進去，隨即又走了出來，朝我這個方向走來。我馬上叫司機停車，跳下車子。

「怎麼了？不是這裡嗎？」

我詢問迎面而來的由利大師。

「不，是這裡沒錯。只是那間套房好像從後門進去比較方便。」

我們跟在一群警察的身後，朝公寓走去。

在這裡讓我簡單描述一下這棟公寓的構造。就像島津說的一樣，這棟公寓不同於一般木造的廉價住屋，而是一棟鋼筋水泥打造的五層樓雄偉建築，光是這棟公寓就占了一整個街區。建築物本身呈一個「ㄇ」字型，正門入口自然是在「ㄇ」字上方橫線的正中央，而我們所欲前往的套房則是位在「ㄇ」字右翼的二樓。曙公寓左右兩翼的住戶平常並不是由建築物正面的樓梯出入，而是利用位在兩翼前端的樓梯進出。除了正門，「ㄇ」字底下內凹的建築物背面也有一扇鐵門，不過鎖只是徒具形式，那扇鐵門一天二十四小時都是處於門戶大開的狀態。因此曙公寓的住戶不論在任何時間都可以自由進出，要在不被人看到的情況下進出當然絕非難事。總之就像島津說的，與其說這是一棟公寓，不如說是雜居大樓，雖然每一間套房都能單獨上鎖，但建築物整體卻是完全開放的空間。而我們一行人自然是從後面的鐵門進入，再從右翼前端的樓梯上樓。

警方要調查的套房位於二樓右翼，從前端數來的第一間。換句話說，當我們一爬上二樓，樓梯間的正前方就是那間套房，一位便衣刑警正站在房門前等待。

「難波警局的人都還沒來嗎？」

一看見那位刑警，我們這一行中最前面的那個人立刻向他問道。我事後才知道問話的這個人就是淺原警部。

「是的，我還未看到任何人。他們會派人來嗎？」

「嗯，他們應該會帶一個證人來，難不成是我們來早了？」

刑警開了門讓我們進入房間內。

在這裡讓我稍微說明一下我們……，不，或許該說是由利大師的立場。對警方而言，大師自然是個與案件無關的一般民眾。不過大師之所以能夠毫不礙手礙腳地跟警官們一同在現場調查，不只是因為他過去曾經擔任警視廳搜查課的課長，更重要的是大師的人品受到所有人的敬重。大師絕不會妨礙警方的調查，更不會搶警方的風頭，也不會像外國偵探小說裡的名偵探那樣故意隱藏自己知道的線索，或是自以為比警官略勝一籌而暗自竊喜。在現代這個複雜的社會機制下進行犯罪調查，大師知道即便最後的斷案取決於個人的智慧，但在蒐集各種用來判斷案情的線索方面，還是得仰賴警方這個廣大的組織。因此大師總是把自己定位在警方的好幫手、一個建言者的角色。而且大師是一個毫無虛榮心，也不懂得追逐名利的人，所以在破案的同時，大師總會退居幕後，將所有的榮譽及稱讚毫不吝惜地獻給警方。因此對警方而言，由利大師非但不是累贅，反倒是一塊瑰寶。

把話題再拉回現場，目前我們所在的這間套房內，除了八張和六張榻榻米大小的房間各一之外，還有一個小玄關、廚房和浴室。房間裡的衣櫥和壁龕（註）雖然是日式的，但地板卻是水泥地板，窗戶也是西式的。也就是說，房間的整體設計可以依照住戶個人的喜好，看是要在地上鋪榻榻米，使得房間內充滿日式風格，或是利用地毯和床鋪營造出西式風格。

我們目前所在的房間裡當然沒有榻榻米也沒有地毯。不，別說是榻榻米或地毯了，根本連一件家具也沒有。即便房間設計成日式風格，但這種空無　物的空殼子，還是會給人一種鋼筋水泥般堅硬而冰冷的感覺。在套房最內側的這間八張榻榻米大的房間裡，一把低音大提琴被人從琴箱裡剝出來丟在牆角，巧克力色的琴身發出一陣寒光。房間內除此之外只有散落一地的細砂，與一個被丟在角落的棉布製破砂包，就像是個餡料跑出來的包子。

淺原警部回頭對著當班的刑警說道。

註—日式客廳裡擺放壁畫、花瓶等裝飾品的空間。

「你們應該已經仔細調查過房間裡每一個角落了吧？有沒有發現指紋、腳印，或是任何可疑物品？」

「我們什麼都沒發現。您也看到了，這間房間的地板很硬，所以一個腳印也沒留下。而且這裡的牆壁很厚，即使稍微吵雜一點也不用擔心會被隔壁鄰居聽到。」

刑警握緊拳頭敲了敲牆壁，但是淺原警部和由利大師對他的舉動卻沒有任何反應，兩個人都是一臉漠不關心的表情。我實在看不懂他們兩個人的表情意味著什麼，命案應該是在這裡發生的，但他們的臉上卻欠缺了親臨犯罪現場時的那股緊張感。正當我感到無法理解的時候，由利大師走到警部的身旁，指著地上的砂包，在他的耳邊低聲說了些什麼。警部聽了立即點點頭，向身旁的刑警吩咐了幾句，那位刑警便立刻走出這間套房，沒多久便帶了一名身穿家居服的少婦進來。

「不好意思，把妳請過來。妳是住在隔壁的宮原太太吧？」

「是的，請問有什麼事？」

宮原太太一臉驚恐的神色，緊捏著圍裙。但在她驚怯的表情下可以看到她較常人旺盛的好奇心正蠢蠢欲動著。

「我們有幾件事情想要請教。關於那只砂包……」

當宮原太太將目光移至警部手指著的破砂包時，她驚訝地睜大了眼睛。

「妳看過這只砂包嗎？」

「看過……。我當然看過。那是我們家的砂包。」

「妳確定……是妳們家的沒有錯？」

「不會錯的。那是我將外子穿舊的浴衣拆開，重新縫製而成的。不信的話，你只要到走廊上看看就會知道了，我們家的門前還有一只跟它成對的砂包。」

「原來如此。這麼說來，的確是妳們家的砂包沒有錯囉？妳有沒有印象，這只砂包是什麼時候從妳家門前消失的？」

「嗯，這個嘛……，我想大概是昨天或前天的事。」

「昨天或前天，也就是二十或二十一日？會不會是更早之前的事呢？」

「不，不可能。我確定二十號早上它還在我家門前。」

聽到她這麼一說，警部以一種饒豐深意的眼神看著由利大師。我聽了有點嚇了一跳，直盯著宮原太太的臉。

「宮原太太，為什麼妳對這件事情記得那麼清楚？難道妳每天都會清點砂包嗎？」

「那倒是不會。不過這棟公寓的管理員對防空事宜嘮叨得緊，而且住戶互助會的組長是一個極度熱心的人，經常毫無預警地跑來清點防空物資。二十號早上也是，我看住戶傳閱板上說近期將要突擊檢查防空物資，要大家事前好好準備，所以我就大致清點了一下我家該準備的東西。除了左鄰右舍共用的砂包之外，每戶還得隨時備妥十個堪用的砂包。二十號那天我也清點了一次，的確是十個沒錯，一個不多一個不少。」

宮原太太並不知道她這番證言具有何等重大的意義，語調極為自然。我一聽之下，驚訝地窺視著淺原警部和由利大師的表情。

命案發生在十九日晚上，這一點是無庸置疑的。直到剛剛我都還認為這只砂包就是兇手在勒殺原櫻之前用來打昏她的兇器，然而，要是這只砂包在二十日早上還在隔壁鄰居的門前，這種不可思議的狀況究竟是怎麼一回事？

時間上的矛盾令我感到莫名的不安，但更進一步挑起我不安的情緒的，卻是由利大師和淺原警部當時的神色。兩人再度以饒富意味的眼神互視一眼，看來他們對此事的動搖程度並不如我所預期的強烈。

警部乾咳了一聲，對著宮原太太說。

「那麼，我想要順便請教妳一個問題。十九日晚上，妳……，不，隨便那位都行，有沒有誰看到什麼人進出這間套房？」

「嗯，這個嘛，這件事昨晚刑警先生也問過我了，但並沒有人告訴我曾看到這回事。畢竟這裡目前沒有住戶，假使真有人進出這間房間，看到的人一定會覺得可疑，這麼一來想必會傳入我的耳裡。」

「二十日早上呢？太太妳清點砂包是在幾點左右？」

「這個……，我不太確定，不過我想應該是在十點之前。」

「妳清點完之後，是否看到什麼人走進這間套房……？」

「沒有。因為二十號早上我出門買東西了……。清點完防空物資之後，我馬上就出門了。我大概是十點多的時候出門的，回到家時已經快要一點了，在這中間發生的事情我都不清楚。」

「這樣啊？好，我知道了，謝謝妳。」

「嗯，哪裡。那個……，這裡是不是有什麼誤會？我的砂包……？」

「那個砂包請暫時讓它保持原位，至於這裡究竟發生了什麼事，我想不久之後就會流入妳的耳裡。要是太太妳想起關於這間套房還有什麼不對勁的地方，請馬上告訴警方。」

就在這個時候，門外傳來一陣陣的腳步聲。淺原警部命令刑警硬將捨不得走的宮原太太帶離現場，他自己也跟在兩人身後，快步往玄關走去。此時房間內好不容易才剩下我與由利大師兩個人。

「大師知道那件事嗎？」

「哪件事？」

「砂包何時失蹤一事在時間上的矛盾……」

「噢，那個呀……，不，我並不知道。不過就算有那種時間上的矛盾也不奇怪。」

「所以說？」

「所以說，我開始認為原櫻女士可能不是被那只砂包擊暈的。至於讓我這麼想的原因你馬上就會知道了，警方好像要帶個證人過來。」

「證人？」

「一個汽車駕駛。不過不是那個運送低音大提琴箱的駕駛，而是另外一個。今天早上那個男人……，對了，不是出現在你們家的報紙上了嗎？那篇報導提到裝有原櫻屍體的低音大提琴箱是從福島的曙公寓前被搬上車送到公會堂的。看完那篇報導之後讓我想起了一件事，所以才會急忙趕到難波警局。剛才有一通電話跟調查總部聯絡，總部決定將那個證人帶到這裡來。三津木，你待會安靜地聽，這真是一起有趣的事件。」

在玄關前的走廊上不知高聲說著什麼的淺原警部，不久就帶了一個年輕的男人進來。那個男人的樣貌姿態一看就知道是個汽車駕駛，他和警部兩人都很亢奮，眼神閃亮如星辰。

「大師，看來就是這間房間沒錯。」

淺原警部勉強壓抑自己的亢奮之情，聲音卻顯得非常嘶啞。

「噢，嗯。」

由利大師微微頷首。

「你叫什麼名字來著？」

「我叫河邊康夫。」

「你當時進了這間房間嗎？」

「沒有，我並沒有進到房間裡面。不過我幫那個男人一起將行李箱搬到房門前，接著他就自己將行李箱拖進了房間。的確就是這間房間沒錯。」

「噢，這樣啊。河邊，你可不可以再重覆一次當時發生的事情？從你一開始見到那個男人的時候開始……」

「咦……」

河邊康夫先是舔了舔嘴唇，然後說道。

「二十號早上十一點左右，我不確定正確的時間是什麼時候，總之應該是十一點到十一點半之間，當我開著未載客的空車經過三越百貨公司的側門時，那個男人將我攔了下來。他站在三越百貨側門外，是一個個子很高的男人。他的頭上戴了帽子，外套的領子立起，還載了副墨鏡與口罩，讓人看不清楚他的長相。我問他要去哪裡，他說要去福島。當我準備發動車子的時候，他指著放在腳邊的大型行李箱，要我幫忙把它抬上車。於是我下車和他合力把行李箱搬上車，那只行李箱真夠重的。我們把行李箱搬上車之後他也上了車，當我們到了這棟公寓，他又叫我幫他把行李箱搬到二樓，於是我們再度兩個人合力將行李箱扛上二樓。接下來就是我剛才說的，他一個人氣喘如牛地將行李箱拖進了房間……。我知道的就只有這樣了。」

「原來如此。那麼你覺得那件事跟這起命案之間有什麼關係？」

「這個嘛……這個嘛……我不太清楚，可是……可是……我看今天早上的報紙報導，有個叫原櫻的女人的屍體是從這棟公寓前被運走的，而且報導裡描寫的犯人體型就跟那個叫我搬行李箱的男人很相似。再說，那個男人給人的感覺很詭異，因為我懷疑行李箱裡頭裝的究竟是什麼，在上樓的時候曾一度假裝手滑弄掉行李箱。當時他看起來好緊張……，還對我破口大罵。而且……而且……那個行李箱不論是大小，還是重量……」

「總之你懷疑那只行李箱裡面說不定裝著原櫻的屍體，是嗎？」

「是的……」

我從剛才就一直感到不安，這個時候受到的震驚有如晴天霹靂一般。噢，天啊！這麼說來，原櫻女士就不是在這間房間裡遇害的了？

8 CHAPTER

第八章

經紀人與他的助理

這天稍晚，新日報社的晚報再度讓整個大阪沸騰起來。

社會版頭條極盡煽動人心之能事，將二十日上午十一點左右，從曙公寓被運出一個重得離譜的行李箱一事寫成重點新聞。相較之下，行李箱中裝有原櫻女士的屍體這個可能性則被避重就輕、含糊帶過。不過，看到這種報導，只要是稍微敏感一點的讀者應該都能察覺事有蹊蹺。報導中不止提到行李箱的重量，甚至連形狀、大小及特徵等，也都盡可能地詳加描述。不但如此，還連行李箱的持有人是一位把臉遮住的紳士也寫了出來。

其實這篇報導是我依照淺原警部和由利大師的指示所寫的。

「目前我們警方正全力調查行李箱是打哪兒來的。也就是說，在河邊駕駛於三越百貨側門外將行李箱搬上車之前，嫌犯是怎麼到三越百貨的？因此我們想要借助報社的力量，你能不能在今天的晚報上盡可能引人注意地報導這件事？」

淺原警部如此向我要求。

「三津木，別忘了還要將行李箱從這裡被運到什麼地方也寫清楚！」

由利大師從旁提醒我。

當我一回到報社立刻和島津討論，謹慎地完成了這篇報導。當時島津亢奮的不得了。

「這麼說來，曙公寓的那間套房就不是殺人現場哩？」

「似乎是這樣。那裡只是用來換裝屍體的地方，換句話說就像是舞台的後台一樣。」

「假如那裡不是殺人現場的話，那麼原櫻是在哪裡被殺害的哩？」

「天曉得。不過如果想要確定這一點，就必須找出行李箱是從哪裡來的。」

島津邊看我寫的報導邊說。

「要扛著這麼大一個行李箱，嫌犯是不可能在城裡到處亂晃的哩。無論他打哪兒來，一定有部車送他到三越百貨的側門旁。」

「就是這樣沒錯。所以警方要藉由這篇報導喚起載過嫌犯的駕駛的印象。照由利大師所說的，我們至少還得找到三部汽車。一部是你剛才說的，將行李箱運到三越百貨側門的車，一部是將空行李箱從曙公寓載走的車，還有一部則是將低音大提琴從大阪車站送到曙公寓的車。可是兇手為了隱藏線索，也許不止換了這幾次車，所以我們可能還得找出更多部車。」

「唷喝！可是犯人幹嘛沒事找事做，把事情弄得那麼複雜哩？有必要這麼大費周章，先將原櫻的屍體塞進低音大提琴箱之後再送到公會堂嗎？」

「天曉得。這件事一定隱藏了這起命案當中最深不可測的謎。由利大師也曾說這是一起經過縝密計畫的殺人案。島津，剩下的事就交給你了！我現在要回去N飯店一趟。」

「安哩！還有什麼事，你盡量吩咐沒關係，都包在我身上哩。」

我在三點左右抵達N飯店。當時飯店門口剛送抵一批標有原櫻歌劇團標幟的服裝箱與大皮箱，我想他們大概是要將擺在演出會場裡的服飾道具等物品搬回飯店。站在玄關前指揮眾人的男人約莫五十歲上下，皮膚黝黑、身材高大。他正是原櫻的經紀人——土屋恭三。

這是我第一次見到土屋的本來面貌。很久以前，大約在我國中一年級時，我曾看過兩、三次他的演出。那時淺草歌劇已經過了全盛期，正逐漸凋零沒落。土屋的歌劇生涯彷彿就象徵了淺草歌劇的悲慘命運。土屋是帝劇歌劇部（註一）第一屆學生，他的歌喉曾被大肆宣傳為日本人罕見的嗓音，可惜的是他肺活量不足，演唱中途歌聲就變得嘶啞，喘不過氣來。他的歌劇生涯才正要開始就已落幕。雖然他改用拙劣的肢體動作和低俗的台詞來掩飾，但這卻使我更加看不下他的表演。既便如此，我還是永遠忘不了他飾演梅菲斯特（註二）的扮相。

歲月催人老，或許是因為上了年紀，雖然土屋恭三如今已不復見當年的俊俏容貌，但是他眉眼之間依稀仍存有幾分年輕時的影子。這件命案發生至今我才知道原來他就是原櫻女士的經紀人，這就是失去美妙歌聲的金絲雀的悲慘命運吧。我從土屋先生的身旁經過，走進玄關。當時我看到一個看似快被沉重的行李箱壓垮的年輕人，他步履蹣跚地穿過大廳的樣子吸引了我的注意力。他彎著腰，滿臉通紅地搬運著行李箱，即便他身上的衣服脫得只剩下一件汗衫，瀑布般的汗水還是從他的額頭、脖頸處不斷流出。

註一——帝劇是東京帝國劇場的簡稱，自1911年起招收歌劇部學生。

註二——梅菲斯特（Mephistopheles），《浮士德》（Faustus）故事中前來誘惑浮士德的魔鬼，象徵了慾望沉淪。《浮士德》一劇有多種版本，英國劇作家馬羅（Christopher Marlowe,1564～1593）的劇本與德國詩人歌德（Johann Wolfgang von Goethe,1749～1832）的詩劇是最著名的兩齣。

當我踏進大廳的瞬間，那個年輕人「碰」地一聲把行李箱弄掉在地上，隨之而來的是一陣從我的背後傳來的怒罵聲。

「混帳東西！你不會小心一點嗎！」

聲音的主人是土屋恭三。聽到這句話的時候我心頭抽了一下，還以為他是在罵我。

「因為……，土屋先生，這個行李箱真的很重耶。」

遭到責罵的年輕人將行李箱放在一旁，氣喘吁吁地用手帕擦拭脖子上的汗。

「你說什麼？也不過就那麼一點重量的東西。我說雨宮啊，你在拖拖拉拉個什麼勁兒？你動作再不快一點，玄關這些東西就整理不完了，這樣我很傷腦筋啊！」

我剛才還以為那個年輕人是飯店的服務生，聽了土屋先生這麼一說，我才知道原來他就是經紀人助理——雨宮順平。

土屋先生和雨宮形成一種奇特的對照。雨宮看起來好像不到五呎二吋高，年齡大概是二十六、七歲，不論是樣貌還是言談舉止都有點孩子氣，給人的感覺就像是還沒長大。不管土屋怎麼歇斯底里地罵他，他仍舊維持著同樣的表情，也沒有絲毫反抗的意思，更不會讓人感到絲毫狡詐感。我想他大概是一個反應遲鈍的人吧？

雨宮深吸一口氣，再次扛起巨大的行李箱，搖搖晃晃地走著。看到他這副模樣真的很有趣，害我在走進大廳的時候不得不忍住笑意。環顧廳內，只見由利大師和一位紳士面對面地坐在大廳一角。那位紳士約五十歲上下，身穿一件蘇格蘭格子上衣，配上一條色彩鮮豔的領帶，頭髮裡雖然混雜了部分白髮，但粉嫩的皮膚卻像少女般細緻。他舉止優雅地抽著雪茄，不知道在跟由利大師聊什麼。我一看見他的臉，便在心中揣測，這位一定就是原聰一郎先生。果然不出我所料，當我一走近，由利大師立刻將我引薦給聰一郎先生。

「久仰大名。這一次也要麻煩你了。」

聰一郎先生定定地看著我，親切和靄地說。他說話的語調聽起來不會過分熱絡，也不會刻意逢迎。感覺上那就是財經界人士在俱樂部中交際時常用的說話方式。

我想要是打擾到他們談話可就不好了，於是靜靜地待在一旁。但是他們兩人似乎不是在談什麼要事，只是閒聊。聰一郎先生甚至還聊到了大阪的食物，看在我這個旁人的眼裡，實在不敢相信他的妻子才剛被人殺害。我對他這時表現出來的態度格外在意。

這個時候又傳來土屋先生怒斥雨宮的叫罵聲，原本微笑著說話的聰一郎先生聽到這種毫不客氣的罵法，突然皺了一下眉頭。他關注地朝玄關的方向望了一眼，當他發現土屋先生沒有停止罵人的意思之後，便顯得不耐煩了起來。之後他似乎忍無可忍地倏然起身。

「我先失陪了。有什麼事請跟我聯絡。」

聰一郎先生丟下這麼一句話，大步走出了大廳。

事發突然，讓我略微吃了一驚。看著聰一郎先生離去的背影，我以為聰一郎先生一定是認為土屋先生罵人不看場合，大庭廣眾之下對助理罵個沒完實在令人看不下去，所以要出面當個和事佬。但事情發展卻出乎我的意料之外，聰一郎先生瞧也不瞧他們兩人一眼，頭也不回地上了樓梯。

我看傻了眼，回頭一看，當時大師的表情看起來高深莫測，微微浮現一抹帶有挖苦意味的笑容。大師低下頭說：「看來就算是像他這樣的大人物也隱藏不住心中的不快。」

當時我並沒有把大師這句話放在心上，直到後來我才猛然警覺，原來大師的話語當中隱藏著關於這起命案真相的重大意涵。

大師似乎話一出口就後悔了，轉而問道：「上次拜託你的那篇報導怎樣了？」

「寫好了。再過三個小時晚報應該就出刊了。要是順利地找出那幾部車就好了。」

「嗯。」

「歌劇團那行人是怎麼回事？好像一個個都不見人影。」

「剛才小野和相良在那邊……」

由利大師正環顧大廳尋找他們兩人的身影的時候，從玄關那邊又傳來了土屋先生斥喝雨宮的聲音。我不耐煩地皺起眉頭，由利大師卻露齒笑道：

「經紀人好像心情不太好。大概是他意識到警方在懷疑他，才會顯得這麼焦躁不安吧。」

「警方果然盯上他了嗎？」

「看來似乎是如此。因為在警方推斷的可能犯案時間內，他是待在大阪的人中唯一符合條件的。不管怎麼說，就屬他的嫌疑最大。」

「那麼，大師有何高見？」

「我……？哈哈哈，我的腦袋裡還是一片空白。我再怎麼神通廣大也不可能光看臉就知道誰是兇手呀。再說，我又不是千里眼。不過，三津木，無論兇手是誰，這傢伙犯了一個非常大的敗筆。」

「什麼敗筆？」

「就是他偷了項鍊這件事。你也認為這起命案是經過縝密計畫的，對吧？畢竟嫌犯在一個月前就已經租下了曙公寓的套房做預謀。不過當時兇嫌就已經決定要偷項鍊了嗎？我想不見得。不管兇手是偷走項鍊還是把它藏起來，總之這件事一定是兇手在犯案後才臨時起意幹的。假如命案的其他細節都經過計畫，只有這一點是兇手臨時起意，那麼說不定這個意外就會讓兇嫌的計畫出現破綻。畢竟價值五萬圓的珍珠項鍊不可能那麼容易處理掉。」

由利大師邊說邊將手伸進胸前的口袋。

「這個問題我們就暫時交給警方處理吧。在知道那個行李箱打哪兒來，目前被藏在哪裡之前，我不打算做任何猜測。不過話說回來，三津木，你要不要研究看看這個暗號？」

由利大師邊說邊從口袋裡拿出來的，竟然是從警方那邊得來的樂譜抄本。

9

CHAPTER

第九章

懊惱的男高音

「三津木，從各種角度來解讀這張樂譜都很有意思唷。」

由利大師將樂譜抄本攤開在桌上說道：

「首先，這張樂譜中隱藏了暗號，這點應該是無庸置疑的。樂譜裡頭隱藏的內容究竟是什麼？不用我說你應該也知道這個問題的答案有多重要。第二，這張樂譜使得這次的事件跟藤本章二命案扯上了關係，我對這一點非常感興趣。要不是這張樂譜，任誰也不會把這兩起命案聯想在一起。雖然同是音樂人，但原櫻女士和藤本章二兩人分屬不同的領域，而且他們在樂壇上的地位也不一樣。應該沒有人會想到這兩起命案之間有關，是吧？就這個層面來看，這樣薄薄的一張紙所具有的意義就變得非常重要了。第三就是這張樂譜是從哪裡來的？這點也很有意思。根據相良的證言，這張樂譜是從男高音小野送給原櫻的花束中掉下來的，但小野卻抵死不承認，完全否定相良的說法。如果小野的話可信，那麼就是當時也在原櫻女士身旁的其他人……」

「其他人？當時在原櫻女士身旁的……」

「首先是原櫻女士的丈夫，原聰一郎先生，聽說他當時最接近原櫻女士。距離稍微遠一點的是經紀人助理雨宮順平，還有相良，她當然也在原櫻女士的身旁。」

「加上小野一共是四個人。指揮牧野不在嗎？」

「聽說牧野並沒有去送行。但是，雖然當時這四個人都親眼看到有張紙片掉落在月台上，卻沒有人知道它是從哪裡掉落的。當然沒有人會笨到舉手承認是自己幹的好事，換句話說，這張樂譜就這麼神不知鬼不覺地到了原櫻女士的手裡。簡直就像是一張幽靈樂譜……」

「可是只要解開這張樂譜裡頭的暗號，應該就會知道它是從哪裡掉下來的吧？」

「嗯，我也希望如此。能否瞭解這起案件的始末，對於這點我倒是不抱太大的希望，不過我想起碼能透露出一些蛛絲馬跡。」

由利大師不疾不徐地說著，讓我迫不及待地想知道他接下來會說出什麼話。

「大師，那我們還等什麼？總之快點解開這個暗號可說是當務之急吧？」

「不，暗號已經解開了。」

「咦？」

我不禁盯著由利大師直瞧。大師微微一笑，說道：

「雖然暗號大致上是解開了，不過我還沒有完全想通。我不能理解的是，像原櫻女士如此有音樂素養的人為什麼會滿足於這麼簡單的暗號呢？前陣子我曾經就用樂譜做暗號的可行性一事請教了一位音樂家，據專家說，利用樂譜做暗號的方法可以有好幾十種，只要稍微動點腦筋，甚至還能夠編成確實可唱的樂譜。換句話說，做成能夠唱出來，也就是看起來的確是樂譜的暗號是一件很重要的事。畢竟暗號這東西要是被人一眼就看出它是暗號，它的價值就會大打折扣了。原櫻女士不可能不知道這一點，但她卻故意用這種三腳貓的暗號手法。這只有一種解釋，也就是說，這個暗號傳遞消息的對象是音樂的門外漢，對樂譜規則一無所知。」

「這個暗號那麼容易解開嗎？這……」

「嗯，理論上是如此。哈哈哈，課就上到這裡，你要不要試著解解看？」

由利大師將身體靠近桌子，繼續說道：

「這張樂譜最令人在意的就是它一共使用了五種音符，分別是二分、四分、八分、十六分和三十二分音符，至於全音符則只被使用了一次，所以我認為全音符具有某種特殊意義，不必列入基本規則解讀。好，音符有五種、線有五條，但是在樂譜規則中，線與線之間稱做「間」的空間也代表了一個音階，再加上五條線下方還有一條「下一線」，所以我們可以把它視為十種。說到五和十的組合，你應該馬上就知道是什麼了吧？」

「五十音對吧？」

「沒錯，沒錯。就是『アイウエオ』。問題是哪一條線才是起始線，也就是ア行呢？這張樂譜上沒有升降記號，所以我們可以把它視為最基礎的C大調，把下一線當成『ア』行。我的想法是，如果藉由移調的方式，例如從C大調變成B大調，進而改變『ア』行的位置，就能增加這個暗號的複雜度。那麼現在我先將下一線視為『ア』行，畫出這樣的五十音對照表。」

由利大師邊說邊畫出一張對照表。（編註：詳見表㈠）

「三津木，你試著將這張對照表拿去與樂譜比對，如果對照之後沒有意義，你就移調改變『ア』行的位置再試試。」

然而並沒有移調的必要，我一面參照對照表，一面在樂譜上將相對應的五十音一個個標在音符底下，這一段樂譜立刻出現了有意義的話，這讓我非常興奮。（編註：詳見表㈡）

由利大師拿著標上五十音的樂譜，一面端詳一面說道：

「果然沒錯。這樣就能看出大概的意思了。第三個音，在上一線上的全音符指的應該是『ン』。第六個代表『ユ』的八分音符上面因為有延長記號，所以這個『ユ』應該是發長音。再來是第十六個音符，代表『コ』的三十二分音符旁有兩個附點，這應該是濁音的意思，所以要唸成

表㈠

	下1線	1 線	1 間	2 線	2 間	3 線	3 間	4 線	4 間	5 線
𝅗𝅥	ア	カ	サ	タ	ナ	ハ	マ	ヤ	ラ	ワ
♩	イ	キ	シ	チ	ニ	ヒ	ミ	イ	リ	ヰ
♪	ウ	ク	ス	ツ	ヌ	フ	ム	ユ	ル	ウ
𝅘𝅥𝅯	エ	ケ	セ	テ	ネ	ヘ	メ	エ	レ	ヱ
𝅘𝅥𝅰	オ	コ	ソ	ト	ノ	ホ	モ	ヨ	ロ	ヲ

表㈡

『ゴ』。類似的道理，還有一個音符旁加了一點，就是第二十一個代表『ハ』的二分音符，它應該是半濁音的『パ』，再加上上面的延長記號，所以應該是唸成長音的『パー』。接在它後面的第二十四個音符，代表『テ』的十六分音符旁也有兩個附點，所以要改唸成『デ』。如果把它們全部重寫一遍的話……」

由利大師喃喃自語，在樂譜的邊緣寫下了這一行字。

——キケン、トチュ—ヨリヒキカエシ、アタゴシタノアパートマデキタレ（——危險！請從途中折返至愛宕下的公寓等候！）

我們一語不發地盯著那一行字看了好一段時間。我無法壓抑自己激動的心情，不禁彎身湊近桌面。

「大師！那麼原櫻是……」

這時大師突然用手帕蓋住樂譜，以眼神示意我噤聲。大師同時抬了一下下巴，意謂著後面有人。我吃驚地回頭一看。

我並不是娛樂記者，所以至今未跟他們打過照面，不過倒是經常在照片上看到他們，所以我一眼就看出這兩人是相良千惠子和小野龍彥。相良本人並不如照片上那般妝扮豔麗，而是給人一種平易近人的感覺。就日本女性而言，她的身材屬於高挑的，古銅色的肌膚感覺很健康。相良睜大了眼睛，目光越過我的肩頭直盯著剛才大師蓋住樂譜的手帕瞧。

小野緊跟在相良的身後，是一個不折不扣的美男子。他的目光越過相良，同樣眨也不眨地看著桌面。兩個人的視線中透露出無法言喻的闇淡情緒，以及言語所難以形容的渴望，格外引起我的注意。他們該不會已經看到剛才的句子了吧？

「嗯，那個……，暗號解開了吧？」

過了好一陣子，相良才欲言又止地低語。話一說完，她馬上回頭看了小野一眼。小野吃驚地嚥下一大口唾液，突然別過臉去。

「哈哈哈，先坐下來再說。」

「好的。嗯……，我們不會打擾到你們嗎？」

「哪裡的話，反正我們的事情也解決了。」

「暗號解開了吧？」

「嗯，基本上是解開了。你們剛才不是已經看到了嗎？」

「哎呀！」

相良的臉上頓時染上一抹紅暈，她試探性地看了小野一眼。

「不，剛才大師手腳俐落地把它蓋了起來，我們根本來不及看。」

相良邊說邊走到我們的身旁坐下。小野依然佇立原地，魂不守舍地望著窗外。窗外的天色已漸漸暗了下來。

「哈哈哈，何必裝模作樣，看到就說看到了吧。反正你們遲早會知道的。」

大師拿起手帕，將樂譜折起收進口袋中。

「對了，你們找我有何貴幹？」

「嗯，那個……，小野，我看還是你說吧。」

「我……？」

小野依舊沒有將臉轉過來，面向窗外說道：

「我不會講。算我求妳，請妳說吧。那種事情我真的不會講。」

「什麼事情那麼難以啟齒？」

由利大師交互看著他們兩個人，淡淡地笑了。

「哎呀，不是那樣的。只不過小野這個人是個大少爺，一站到人前就害羞得說不出話來了。既然如此，那就由我來說囉。其實我們要講的是有關土屋先生的事。」

「嗯？土屋他怎麼了？」

「其實也沒什麼大不了的，剛才小野先生有事，走進了十屋先生的房間，結果……」

「結果？」

「哎呀，也不是什麼能登大雅之堂的事情啦。就是小野先生走進土屋先生的房間時，剛好土屋先生不在房內，小野先生原本打算在房內等他回來，沒想到當小野先生正打算在椅子上坐下來的時候，不小心看到了攤開在桌子上的筆記本……。小野先生，我說的沒錯吧？」

「嗯，沒……沒錯。我……我並沒有要偷看的意思……」

「原來如此，原來如此。那本筆記本上寫了些什麼呢？」

「嗯，該說是從這起命案發生到現在的所有事情吧……。大師，一般人看到了這樣的東西，應該任誰都會想要看上個幾眼，於是小野先生就看了。不過，您瞧這個人，他就是這副德性。看過之後他覺得很過意不去，不知道該如何是好，所以跑來找我商量。我問他：『筆記裡頭寫的內容會不會傷害到誰？』他說：『那倒是不會，內容寫的很客觀，而且從命案的開端一路鉅細靡遺地寫到現在。』於是我勸他：『既然這樣，不如乾脆將這件事情告訴大師，說不定可以讓大師作為參考。也許這麼做，土屋先生反而高興。』對吧？小野先生，我說的沒錯吧？」

小野一語不發，像個孩子般順從地點點頭。大師聽完相良的話，雙眼亮了起來。

「原來土屋記載了如此詳細的筆記，真是太好了，看來他真是經紀人的不二人選。有機會請務必讓我見見他……，不，除了土屋之外，要是案件相關者都能夠將這幾天的所見所聞寫下來的話，那真是幫了我一個大忙。好比說，像是小野你……」

「我……？」

小野無意識地回過頭來。

「是的。要是你也老實地跟我說，二十號早上你人在哪裡做什麼的話……」

小野一聽到大師這麼說，整個人反射動作地彈起，衝到桌子前兩、三步的地方。

「大師！您這句話是什麼意思？」

小野上氣不接下氣地問道。

「沒什麼意思。我只是想知道一件事，二十號早上八點你們一行人抵達大阪後立刻進了飯店，但為什麼你馬上就離開飯店，直到兩點左右才抵達會場。在這中間你一次也沒現身，對吧？你為了什麼原因外出？你在兩點之前都在哪裡做什麼？如果你老老實實回答的話，可以省掉我很多工夫。」

小野無言以對，他怯懦的目光俯視著悠然安坐的大師。他似乎在害怕什麼，頸部的蝴蝶領結隨著身體激烈地抖動著，吸引了我的目光。大師繼續說道：

「關於這件事，已經有人告訴我了。當你抵達飯店的時候，有個十二、三歲的女孩子跑過來遞給你一封信。那個女孩子將信交給你之後立刻轉身離去，而從你打開的信封當中的確出現了一張樂譜……。是不是真有這個女孩子？」

小野的表情顯得益發害怕，他的額頭猛冒冷汗。

「是誰……是誰……那麼說的？」

「這個嘛，我說出來應該沒有關係吧，是雨宮說的。雨宮當時說的時候，我還不知道有暗號這件事，直到警方發現樂譜這個線索大有文章，我才想起當時的事。你拿到的那張樂譜該不會也是一個暗號吧？雨宮剛才偷偷告訴我，他說：『那時你很專心地看著那張樂譜，接著突然臉色大變，衝了出去。』」

小野的眼神突然變得無神，他搖搖晃晃地倚著椅背勉強讓自己站立著。相良咬著嘴唇，定定地看著小野的側臉。她的眼眸中突然掠過一絲情感，旋即閉上了雙眼，長長的睫毛掩蓋了她眼中的情感，讓我來不及看出那究竟是憐憫，還是疑惑？

「那麼……那麼……」

小野舔了舔乾涸的嘴唇說道。

「您怎麼看待這件事呢？」

由利大師微微向前傾，淡淡一笑地說。

「我嗎？我沒多想。我的腦袋裡一片空白，所以我希望你能幫我填補那片空白。我說，小野啊，這件事最好是趁著還沒傳進警方的耳裡之前，先把話說清楚，這樣對你比較有利吧？要是淺原警部聽到了剛才那番話，你自然就成了跟原櫻女士用暗號通信的人了。」

小野面如死灰。

「沒那回事。那……那……」

小野的臉部表情因痛苦掙扎而皺成一團，手指使勁地抓住椅背。他的表情像是被什麼東西附了身，看起來變了一個人似的。

「沒那回事。沒錯，那天我是收到了一封裝有樂譜的信。可是……可是，東京車站的那張樂譜卻不是我……」

在這時候大廳入口處傳來一陣慌亂的腳步聲，打斷了小野的自白。於是他看起來像是一顆洩了氣的氣球，整個人無力地跌坐在椅子上。

10

CHAPTER — 第十章

玫瑰花與砂

「小野……，唷！相良也在呀。你們看看這份晚報，瞧……，命案又有新的進展了，什麼行李箱怎樣又怎樣的……」

走進大廳的是一個身穿黑色短大衣的高瘦男人，臉頰消瘦、鼻子堅挺，給人一種鋼鐵般強韌的感覺。他正是指揮牧野謙三。牧野一面看著晚報，一面走進大廳。這時他才察覺由利人師與我在場，便突然皺起眉頭，站在原地。

「噢，真是抱歉，你們正在談事情吧？」

這個時候又進來了另一個男人。他的身高和牧野不相上下，體型比起牧野稍微胖了些，短髮中夾雜了不少白頭髮。我一眼就看出他是男中音志賀笛人。

「牧野先生，晚報上又出現了什麼新聞嗎？」

「嗯，你來看看，這種寫法像是在打啞謎一樣。看來命案好像有了新進展，這下警方究竟要如何解決這起命案呢？」

「讓我瞧瞧……」

志賀笛人從牧野的手中接過報紙，便坐在扶手椅的扶手上看了起來。這個時候，一名服務生走進大廳。

「請問由利先生是否在場？有位淺原先生來電。」

「噢，我就是，謝謝。」

大師快步走出大廳，朝著櫃台而去。

「是的，我是由利。噢，這樣嘛……」

由利大師聲如洪鐘，連身在大廳的我們都聽的見，但大家卻假裝沒聽見。大師講到一半，聲音停頓了一下，就在這個時候，大廳裡突然發出一種異常渾厚深沉的低吟聲。

「哦……哦……哦……」

那種渾厚深沉的低吟聲就像一頭牛在怒吼。我一驚之下，反射性地回頭一看，志賀笛人寬闊的背部竟然像波浪般晃動著。

「哦……哦……哦……」

一陣陣渾厚深沈的低吟聲從志賀的喉頭冒出。他將報紙丟在腳下，兩手抱住頭，雙腿一軟，整個人趴在桌子上，嚇得我們面面相覷。

「咦……咦？你……你說什麼？那麼……」

這個時候，由利大師忽然變地急促的聲音從櫃台傳來，我們一驚之下，又掉頭向那方向看去。

「嗯，好的。那麼我馬上過去。」

掛上電話後，由利大師向我招招手，示意要我過去。我立刻拿起帽子，從椅子上站了起來。

「大師，是哪裡打來的……」

大師沒有回答我。他朝大廳外走了兩、三步之後又折了回來。

「小野，剛才的話你最好仔細考慮一下。等我回來後再請教你的答案，在那之前請你想清楚。」

小野看起來像是總算鬆了一口氣，若有所思地望著旁邊點了點頭。相良一語不發地咬著下唇，雙眼出神地盯著空中不存在的一點。牧野不明所以，交相看著我們和小野的臉。志賀仍然抱著頭倒在那裡。

一走到外頭，大師馬上攔下了一台車。

「到大阪車站……」

「大阪車站？」

我吃驚地問大師，但他卻沒有回答我半句話。

我們在大阪車站前面下車之後，我問大師。

「大師，接下來要去哪兒？」

「站長室。」

「噢，這樣啊。那麼我先去打個電話。我馬上過去找您。」

我衝到電話室，打電話回大阪分社，請總機轉接給島津。還好島津人正在報社裡。

我之所以打電話給島津，自然是為了那張已破解的暗號樂譜。

「我猜原櫻女士十九號早上在品川下火車之後，可能去了愛宕下的公寓。所以我才會急著請你跟東京總社連絡，希望總社能夠對愛宕下的公寓作地毯式的調查。不過，這件事現在公開還嫌太早，不管在那間公寓裡發現了什麼都先別報導！」

「好！我知道哩。不過，三津木先生……」

「啥事哩？」

受到島津的影響，我也無意識地講起了大阪腔。

「這究竟是怎麼回事哩，原櫻到底是在哪遇害的？大阪？還是東京哩？」

「再等等吧！這件事情想必再過不久就會水落石出了。」

島津問到了一個重點。就目前而言，不論原櫻是在大阪或東京遇害都說得通。聽到他這麼一問，不由得讓我驚嘆於這起命案深不可測的內情。

站長室彷彿被一團嚴肅緊張的空氣包圍著。老實說，在我打開站長室的門之前，我還不知道事情究竟有了怎樣的進展。然而，當我踏進房間的那一瞬間，所看到的事物讓我心頭一驚，我心裡馬上有了幾分底。

我最先看到的是放在地上的大型行李箱。接著則看到先前曾經見過一面，現在正盯著行李箱直瞧的駕駛河邊康夫。

河邊抬起頭說道。

「沒錯，就是這件行李箱。看！箱子上這道刮痕。關於刮痕的事我已經在中午說過了吧？這道刮痕就是當時留下來的記號，不會錯的。」

「噢，這樣啊。辛苦你了。如果有需要的話，我們會再請你來。今天就到此為止，你可以回去了。」

淺原警部送河邊出去之後，小心翼翼地關上門。如此一來，房間裡就只剩下淺原警部、由利大師、另外兩名刑警和我了。警方為了避免車站的人妨礙調查，請他們暫時迴避。

「您認為如何？要不要坐下來呢？鎖匠大概還要一陣子才會到吧。」

「噢，這件行李箱尚未被打開過吧？」

「嗯，因為鎖得很牢，所以我叫人去找鎖匠了。」

我們將椅子拉到那件陳舊的大行李箱旁，坐了下來。警部拿出敷島（註一）問大師。

「您要不要來一根？」

「不，謝了，我喜歡這種的。」

由利大師拿出一只大菸斗，填入My Mixture（註二）。

註一——一種日本國產香菸品牌，流行於二十世紀前期。

註二——英國名牌DUN HILL出產的高級菸草。

說到這裡，我突然想起一件事，順便在這裡提一下。由利大師愛用的菸斗，在這起命案結束之前扮演了一個奇特、滑稽，又有點讓人神經緊繃的壞角色。不過這件事的原委稍後才會提到。

「這件行李箱到底是在哪裡找到的？」

「它被寄放在車站裡面。」

我不禁吹了一聲口哨。

警部悠悠地抽了一口菸，繼續說道：

「不過，能夠這麼快找到它，一半以上靠的可是僥倖。我們通令全市進行搜查，把目標放在從曙公寓運走行李箱的車子，這個推論果然沒錯。嫌犯似乎在中途換了兩、三次車，剛才我們終於找到了最後一部，也就是犯人搭到車站的車。至於為什麼那個駕駛會記得這件行李箱，就請你們試著搬動這件行李箱看看。」

我馬上將雙手搭在行李箱上，但是使出的力道過猛，讓我整個人晃了一下。

「這……是空的啊？」

「是的。它徒有巨大的外型卻輕的不得了，那個駕駛也覺得很奇怪，才會對它留下印象。另外，這件行李箱還有一個有趣的地方。」

淺原警部丟掉菸蒂，從口袋裡拿出記事本。

「這件行李箱從二十日中午寄放在車站之後，一直到今天都沒人去提領。不過在這段期間，有一名託運員因為個人疏失導致託運的行李出了點問題，因此連寄放的行李也一併調查了一番。這名託運員在眾多寄放的行李中注意到這個行李箱，因為他印象中曾看過它。為什麼他會有印象呢？你們看到那道刮痕了嗎？就是這個記號。我們找來那個託運員，問了他很多問題，他說在兩、三天前他的確經手過這件行李。我們請他想出當時的確切時間，他說他印象中這是在二十日早上抵達的早班火車之後，到當天中午之前，在這段時間中被人從託運處領走的。當時聽到他這麼說我很緊張，除了行李箱的去向，我也很想知道行李箱的來源，於是我要他再三確定，是否真的是這件行李箱。他說因為行李箱上有一道刮痕，而且出奇地重，所以對它的印象特別深刻。」

我不禁倒抽了一口氣。由利大師身子微向前傾地說。

「那麼，它是打哪兒來的呢？」

「是了，這就是另一個有趣的地方。我馬上派人調查記錄，發現它竟然是從東京寄來的。它是由十九日晚上十點十五分從東京出發的火車載來的，於二十日上午八點七分抵達。也就是說它是跟歌劇團的人一起抵達大阪的。而且，憑單上寫的收件人是……」

淺原警部突然壓低聲音說。

「收件人是土屋恭三。」

子。

我覺得心臟鼓動快速，彷彿要破胸而出似的。由利大師則是嘟起嘴唇，做出吹口哨的樣子。

「那麼，原櫻女士果然是在東京遇害的囉？」

淺原警部瞇起眼睛看著我，緩慢而沈重地點了點頭。由利大師叼著菸斗，盯著行李箱看了好一會兒，然後才把頭轉向警部。

「可是，淺原先生，為求慎重起見，這件事最好事先調查清楚比較好吧？」

「咦……？」

「據相良所說，原櫻女士決定搭下一班火車來大阪，換句話說，她打算搭乘十九號早上十一點左右出發，當天晚上九點多抵達的班次。我們截至剛才為止，都一直深信原櫻女士確實搭上了那班火車來到這裡，但她究竟有沒有搭上那班車呢？我認為這件事有必要先調查清楚。像她那種身份地位的女士，要是真的搭了車，不管她的打扮如何掩人耳目，也不可能完全不被人發現。所以是否該調查那班火車上的車掌和服務生……」

由利大師話說到一半突然停了下來，看著淺原警部，注意到警部別有意涵地乾咳了一聲，似乎有話要說。

警部裝模作樣地說：

「其實我很久以前就察覺到了這個問題。在來這裡之前，我已經事先拜託站長幫忙調查。碰巧當時負責那班火車的車掌和服務生現在都沒值班，又剛好都還在車站內，所以站長就幫我把他們找了過來。我才剛向他們問過您提到的那些問題呢！」

由利大師身子微向前傾地說。

「那麼，結果如何……」

「答案是否定的，兩人都斷定原櫻女士絕對沒有搭乘那班車。畢竟原櫻女士是何等身分地位，如果她在那班車上，不可能不被發現。車掌說他那天為了驗票，將整輛車都走了一趟，他敢斷定原櫻女士確實不在車上。而且車掌和服務生都很肯定車上沒有任何一位用面紗包住臉部的女性。」

「嗯……」

由利大師從鼻孔中重重地吐出一口氣。

「相良親眼看到原櫻女士在品川站下車嗎？也許原櫻女士只是假裝下車，實際上卻又走進另一節車廂……」

「不，沒那回事。相良說她親眼看到原櫻女士急急忙忙地在品川站下車，走上連接月台的天橋離開了。所以原櫻女士絕對沒有搭乘原本那班火車。不過這必須建立在相良說的話足以採信的基礎上……」

「我想，我們可以相信相良說的話，至少這件事是可信的。」

由利大師將剛才破解暗號的樂譜默默交給了警部。警部一看，深吸了一口氣。

「啊，那……那麼，原櫻女士是因為接到這封信，才折回愛宕下的公寓囉？」

「是的。就像相良所說的，原櫻女士原本打算搭下一班火車來大阪，既然她沒有搭上那班火車，就代表其中一定發生了什麼事。十一點之後的下一班火車是……？」

「再下一班車是下午開的了。因為原櫻遇害的時間推定是晚上九點到十一點之間，那時下午開的那班車正行走於東京和大阪之間。她不可能是在火車上遇害，所以犯案現場就是在東京。」

「然後再將她塞進這件行李箱……」

我有一種錯覺，彷彿腳下的行李箱會突然噴出血來。

「就是這麼回事。這在時間上是說得通的。行李箱是由十九號晚上十點十五分從東京出發的火車運來大阪的，對吧？所以兇手只要在那天晚上九點左右在東京殺掉原櫻，再將她塞進這件行李箱，火速運往東京車站託運，這樣時間上一定來得及。」

「然後兇手再冒用土屋恭三的名字？」

「沒錯，沒錯。可是土屋當時人已經在大阪了……，無論犯人是誰，一定是十九號晚上十點十五分之前都還待在東京，並在二十號上午來到大阪的人。不但如此，他還必須是熟知歌劇團內情的人。」

就在這個時候，刑警帶了一個鎖匠進來。鎖匠蹲在行李箱前面，掏出吃飯的傢伙，喀嚓喀嚓地撥弄著。過不了多久，箱蓋上的鎖就應聲而開。

「噢，感謝。辛苦你了，你可以回去了。」

鎖匠一臉狐疑的表情，依依不捨地走出房間後，警部才將手搭在行李箱蓋上。我明知裡面空無一物，仍然可以感覺到現場的氣氛異常凝重。警部和由利大師彼此交換了一個眼神後，猛然將箱蓋掀起。

我們的目光同時看向行李箱裡面。

行李箱裡頭果然空空如也。這只老舊的行李箱除了內襯破舊不堪之外，似乎別無異狀。由利大師彎腰查看行李箱內部，伸手戳進箱底內襯的破洞，翻查了好一段時間。大師突然賊賊一笑，向我們伸出手來——他的手指上沾黏著一片枯萎褪色的玫瑰花瓣。

警部沉吟不語，接過那片花瓣，將它夾進了記事本裡。

大師依然維持那樣的姿勢，繼續調查內襯的裡面。當他站起身時，像個魔術師似的在我們面前攤開手掌。

他的手掌心裡沾滿了無數的砂粒。

11 CHAPTER 第十一章

她與五個男人

「這下可奇了。」

「嗯。」

「這下命案現場又回到東京了嗎？」

「不，與其說是回到東京，倒不如說這起命案橫跨了東京和大阪兩地。三津木啊，我今天不是說過這是一起經過兇手精心策畫的殺人案嗎？看來我的預感果然沒錯。犯人用的是他那惡魔般的智慧來策畫這起命案，他一定是豁出去了。」

現在是晚上九點三十八分，我和由利大師正坐在由大阪前往東京的火車上。除了我們之外，同行的還有木村刑警和那只關鍵的行李箱。

由利大師在警方找到這只行李箱之後才決定要前往東京調查。而淺原警部必須確定東京車站的託運人員是在什麼時候受理這只行李箱，於是派部下木村刑警帶著它趕往東京。

我和由利大師先分頭辦事，再於大阪車站的月台會合。出發之前我先到櫻橋的分社跟島津針對今後發展的應對情況仔細地商議一番。在這段時間中，由利大師和警部一行人帶著行李箱前往N飯店。當時他們調查出的情況，由利大師在上了火車之後便對我娓娓道來。

「據說那件行李箱是原櫻歌劇團的所有物。東京公演的時候，那件行李箱一直都在後台，連土屋經紀人和助理雨宮都不知道它是什麼時候不見的。在演出期間，戲服道具一件都沒少，可見是有人將那件行李箱中的衣服裝到別件行李箱中，再將空行李箱攜出，在這起命案中加以利用。」

「警方應該不知道是誰將那件行李箱帶出去的吧?雖然收件人寫的是土屋恭三，不過土屋一定會說他不知情?」

「嗯，土屋說他十八日晚上離開東京時，那件行李箱確實還在東京的會場裡。土屋在出發之前對助理雨宮交代了一大堆善後事宜，他說當時現場的行李箱還有八個。可是雨宮打包時，行李箱卻只剩下七個。不過當他清點服裝道具之後，發現所有的東西都裝在七個行李箱中，一件不少。他以為是土屋先生先前弄錯了行李箱的數目，並未特別放在心上，直到剛剛才發現真的是少了一件行李箱。」

「看來那個叫雨宮的，真是個漫不經心的人。不光是行李箱，還有低音大提琴那件事情也是……」

「是啊。基本上，雨宮要不是裝糊塗，就是犯人看準了他少根筋這一點加以利用，才能讓整件命案如此天衣無縫。」

「您，您說什麼?」

我吃驚地看著由利大師。由利大師以帶有深意的眼神直視著我的眼睛說。

「三津木，老實說我現在的感覺就像是置身於五里霧中。兇嫌是一個非常狡詐精明的人，我明明知道這是他竭盡心力想出來的殺人計畫，卻無從判斷這個計畫的發展方向。目前我們已知的線索相當紛亂，但在這些紛亂的線索當中，帶給我提示的只有一個，那就是雨宮。無論雨宮在這一起命案當中扮演了什麼樣的角色，我確信他絕對是開啟這齣悲劇的重大關係人。」

由利大師落寞地嘆了一口氣之後，就不再說話了。在這種時候，我很清楚不管我再怎麼提問，大師也不會再多說一句話。剩下的部分只好靠我自己想了。

為什麼說雨宮是開啟這齣悲劇的重大關係人呢？雨宮給人的感覺就像個還未長大的孩子，讓人摸不清他這人到底是個胡塗笨蛋還是聰明的偽裝者。但不管怎麼說，我都不認為他會是造成這齣悲劇的起因。他會是犯人……嗎？這種想法根本不可能成立，甚至讓人覺得有點可笑。結果由利大師說的話，還是讓我聽得一頭霧水。

我越想思緒越糾結，因而感到有些厭煩。我試著將雨宮的身影逐出腦海中，轉念思考另外一個人——志賀笛人。志賀剛才在飯店大廳裡看晚報時的驚訝之情並不尋常，究竟是什麼讓他如此驚訝呢？難道他已經知道行李箱的事情了嗎？

於是，我裝做不經意地向由利大師提起這件事，大師吃驚地看著我。

「志賀……？他看了晚報……？」

「嗯，那時大師正在接電話。志賀似乎嚇了一大跳，整個人看起來好像瞬間老了五歲，甚至十歲似的。」

「聽你這麼一說，他剛才果真是一副無精打采的樣子。你身上帶著晚報嗎？」

「有，在這裡，不過報紙上除了行李箱之外，並沒有提到什麼特別的事。」

我將晚報遞給大師，他專心地看著報上的內容。

「果然沒錯，除了行李箱之外，沒有什麼能夠讓他感到吃驚的報導。」

「就是啊。而且如果他知道什麼關於行李箱的隱情，反而應該會藏起吃驚的情緒才是。咦，怎麼了？」

由利大師的目光突然鎖定在報紙上的一點。

「沒什麼，是西畫家佐伯淳吉在前往歐洲的郵輪上自殺。這件事跟這起命案無關，可是……」

「噢，是那件事。知道之後我也嚇一跳。他是個好畫家，真是可惜了。」

關於西畫家佐伯淳吉自殺一事的報導來源是從上海發出的電報，就刊登在我寫的行李箱報導的正下方，內容提到佐伯淳吉於前往法國的途中，在郵輪大洋丸的船艙內服毒自殺身亡。這件事情是發生在郵輪駛離日本之後不久，當郵輪進入上海港時被服務生發現，引起了一陣騷動。現場並未發現任何疑似遺書的文件，不過根據其他認識佐伯的船客指出，佐伯在上船之後，曾經寫下「自己患有憂鬱症，說不定會一時想不開服毒自殺」之類的字句。此外，在記者採訪了佐伯的朋友之後寫的另一篇報導中提到，佐伯淳吉之所以年逾五十都還一直保持獨身，是因為他單戀著某位知名女性。而佐伯這次之所以會突然決定前往法國，正是因為他和那位女性之間的關係日漸惡化的緣故。從東京出發之前，他曾向朋友透露他決定不再回日本。從這一點看來，說不定他當時就已打定主意要自殺了。

「看完這篇報導之後，我嚇了一跳。佐伯竟然是死於自殺，這個世界果真是無巧不巧，他們的境遇居然那麼相似。」

「境遇相似……？」

「是的。其實，志賀笛人的立場跟佐伯一樣。這件事情是一個對戲劇界很熟悉的包打聽告訴我的，是真是假我也不敢斷定。據說志賀之所以一直單身到現在，也是因為失戀的關係。至於志賀失戀的對象是誰，不用我多說，您應該也知道吧？就是原櫻。」

「噢……」

由利大師突然睜大雙眼。

「這麼說來，原櫻和志賀的關係並不止是同一個歌劇團的團員那麼簡單囉？」

「不，他們近來的關係的確是僅止於此，至少表面上看起來是如此。不過大家都認為，志賀對於原櫻的愛慕之情日漸滋長，這件事情原櫻當然也知道，但她卻不說破。畢竟原櫻這個女人要是沒有人隨時在身邊讚美吹捧，她就會感到渾身不對勁。」

「世上往往就是有這樣的女人存在……。這種曖昧的關係，讓志賀對她的單相思久久無法止息。不過，這些曖昧情事都是發生在原櫻結婚之前的吧。」

「是啊。那時是歌劇這種藝術表演在帝國劇場萌芽的時候（註）。原櫻是當時的風雲人物，對她傾心的除了志賀笛人之外，還有指揮牧野、經紀人土屋，眾人就像是一隻隻大野狼垂涎著原櫻。但在原櫻被原聰一郎先生追到手之後，牧野和土屋就不再死纏著原櫻，各自結婚去了。由此可見，他們對於原櫻的感情並不像志賀那般純情。」

「嗯，聽你這麼一說，原櫻歌劇團簡直可以說是由原櫻的舊情人們所組成的囉？」

「哈哈哈，差不多了。不過，原櫻歌劇團的成員並不僅限於她的舊情人們，還包括了現任的情人。最近小野和原櫻之間的關係已經可以說是公開的了。」

「哎呀呀，這麼說來，志賀加上牧野、土屋、小野，原櫻的新舊情人一共四個啊？不，不止四個。她的先生原聰一郎自然也要算進去，所以一共有五個男人包圍在她的身邊啊？」

大師說這句話時的口吻輕鬆，語帶調侃，但臉上卻浮現出一種無可救藥的陰沉神色。我想這時浮現在大師腦海中的一定是原聰一郎先生的身影。我並不清楚由利大師和原聰一郎先生究竟是何種交情，但從聰一郎先生懇請大師出馬這一點看來，他們八成是老交情了。大師站在朋友的立場，一定也聽不下去原櫻逐漸浮上台面的醜聞吧。

我們沈默了好一段時間，身體隨著火車晃動著。突然我想到一件事要請教大師。

「對了，大師問過小野那件事了嗎？就是二十號早上，小野收到暗號樂譜的那件事……」

「嗯，我問過他了。可是小野好像還沒下定決心，所以我叫他在我從東京回來之前，好好想清楚……」

「小野一定知道什麼隱情，所以大師提到那件事的時候，他的臉色才會那麼難看。」

「嗯，他一定知道些什麼，相良也一樣。不，不光是小野和相良，還有土屋、志賀、牧野，所有人一定都知道些什麼。」

「這麼說來，只有她先生不知情囉？」

「不，他知道的最多。」

「咦？」

由利大師說話的語調有一種特殊的力量，讓我無意識地回頭看他。大師的臉色原本就已經很陰沉了，此時更是越加沉悶。

「『只有她先生不知情』這句話並不適用在原聰一郎先生身上，不，應該說這句話不可能適用在他身上。我很久以前就認識他了，他是一個聰明機伶的男人。無論原櫻如何周旋於眾多男人之間，他也不可能不知情。」

「這意思是……？大師，難道他對自己妻子背著他偷人的事睜一隻眼閉一隻眼嗎？」

註——一九一一年帝國劇場開幕後，招聘外國音樂家、編舞家來日製作正統的歌劇。

「我不知道該說是睜一隻眼閉一隻眼，還是他絕對信任他妻子。」

我認為後者的可能性並不大。像原櫻那種老是處在男人堆裡，要是沒男人對她阿諛奉承就會活不下去的女人，即便聰一郎先生是多麼好的人，也不可能會對她絕對信任，放任她在外頭亂來。我反倒認為「心胸寬大的先生」比較適合用來形容聰一郎先生的性格。但是人的心胸再怎麼寬大也是有限度的，要是原櫻高估了那個範圍，不小心踰越了，繼而使得聰一郎先生忍無可忍……？

想到這裡，我不禁打了個寒顫。由利大師恰好在這個時候取出了一本手記。

「那本手記是？」

「土屋寫下的備忘錄。」

「噢，這就是……」

「出發之前，我硬跟土屋借來的。那傢伙一副老大不願意的樣子，不過我告訴他我絕不會跟任何人提起這件事，這才硬拗過來的。剛才我在到大阪車站的汽車上已經大致上讀了一遍，內容寫得相當露骨直接。」

我們這時看的手記就是故事一開頭引用的部分，內容大部分都是我們在看手記之前已經知道的事實。不過我先前也說過，由利大師從這本手記當中發現了這起命案的隱因。

然而當時我卻沒有察覺到這本手記的意義竟是如此重大，所以和大師一起看著看著，不久我就感到一股睡意，直到快要抵達橫濱，大師叫醒我之前，我一路上都睡得不醒人事。

火車在七點半抵達東京車站。警視廳的等等力警部可能已經接到大阪警方的通知，早就在車站等我們了。在之前的案件中，等等力警部曾多次與我們一起行動，算是老面孔了。等木村刑警提著行李箱過來之後，我將他介紹給等等力警部認識，接著我們四人便往託運行李的櫃檯走去。大阪警方似乎也跟這裡打過招呼了，十九日晚上負責值班的員工早已在此久候。這個男人查看了一下行李箱，旋即說道：

「我不敢百分之百確定，但我想應該就是這只行李箱沒錯。昨晚接到來自大阪的電話之後，我經過一番調查發現到，十九日晚上有很多件寄到大阪的行李指名由土屋恭三先生收件。其中大部分是在晚上十點十五分開往神戶的班次快要發車之前才託運的，所以來不及趕上那班車，而是由下一班運送。可是卻有一件行李在更早之前就被託運了，也就是這件，因此它趕得上十點十五分的那班車。您問受理的時間嗎？帳簿上寫的是九點四十五分……」

由利大師和我不禁對看了一眼，如果這只行李箱是在十九日晚上九點四十五分被人帶到這裡，那麼當天晚上在大阪的土屋恭三與在神戶的志賀笛人就等於完全排除嫌疑了。

「你對帶這件行李箱來的人物形貌是否還有印象？」

這個男人似乎正等待著由利大師問的這個問題。

「問題就出在這兒了，我努力回想過，可是車站這種地方人那麼多……。我只記得那是一個人高馬大的男人，其他我就不記得了。」

男人臉上帶有些許的遺憾，不過由利大師似乎並不指望他會記得，並未露出失望的神色。接著大師突然想到了什麼似地問道：

「沒關係，你記不得也是理所當然的。不過就算你記不得長相，在你印象當中他有沒有變裝？或者是雖然不到變裝的程度，但為了掩人耳目而用東西遮住臉之類的……」

「這個嘛，我怎麼也想不起來。如果是照您說的那樣，我應該也會覺得那人很奇怪而留下印象……，但我實在是不記得了。」

總而言之，我們從東京車站的託運人員口中所得知的線索只有一個，就是那只行李箱是在十九日晚上九點四十五分受理的，除此之外可說是一無所獲。

「沒關係，麻煩你了。你說的這些事具有很大的參考價值。」

接著我們在等等力警部的帶領之下前往車站餐廳，在那裡用過簡單的早飯。命案現場一下子從大阪又回到東京，等等力警部也顯得情緒激昂。

「……昨天收到來自大阪警方的報告，於是我們警方對愛宕下那一帶的公寓展開了地毯式搜查。今天早上，我們總算確定了一件先前懷疑的事。原櫻她的本名是不是叫做清子？」

「沒錯，沒錯。江口清子是她結婚之前的名字。」

「那就沒錯了。愛宕下有間叫做清風莊的公寓，那間公寓的設計別出心裁，採洋式風格。之前有人用原清子的名義在那裡租了一間套房，可是管理員說這個名叫原清子的人似乎不住在那裡。該怎麼說呢，那個地方感覺就像是為幽會而租的，好像經常有一對男女在那裡碰面，待了一個小時之後再離開。」

「這麼說來，公寓管理員至今都不知道那個女人就是原櫻囉？」

「似乎是如此。我也是剛剛從電話中稍微聽了一下報告，詳情我還不清楚。不過聽說女方去的時候，總是在臉上罩著一層面紗。」

「那麼你也還沒到現場看過囉？」

「是的。當我抵達車站的時候，剛好派到愛宕下的警察同仁打了通電話過來，所以我想找大師一同去看看。我們已經派了人在現場監視，不讓任何人進去。」

「好！那我們趕緊過去吧。」

出發之前我向餐廳借了電話打回報社，但田邊主編還沒來上班，由旁人代為接了電話。據說總社今天接到了島津來自大阪的報告，早上已經找到清風莊了，目前另一名記者五井正在趕往清風莊的路上。想到這起命案有了眉目，我的心情也變得雀躍了起來。

假如原櫻真的跟某個男人在那裡幽會，說不定命案之謎就可從中解開。當時我把事情想的很簡單，以為這起命案已經解決了大半。豈料原櫻離奇的幽會行為竟然為命案增添了更加奇異的色彩。

12 CHAPTER — 第十二章

另一起命案

清風莊就在愛宕山的山腳下，是一棟小巧整潔的公寓，雖然規模大小遠遠不及大阪的曙公寓，但就乾淨這一點而言，卻是有過之而無不及。值得特別一提的是，這間公寓也可以穿著鞋子進入，而且不用從管理人面前經過就可以從側門自由進出。就這幾點而言，它跟曙公寓極其類似，看來它的確是一個適合男女幽會的場所。

我們在公寓前下車，報社的五井一看到我，便立刻跑了過來。

「辛苦你了。」

「你也辛苦了。我剛打電話到報社，聽說是你發現這裡的。你調查過那間疑似原櫻租下的套房了嗎？」

「我啊，還真有點可惜……」

五井聳聳肩膀，繼續說道：

「我今天早上六點多就找到這裡，比警方還早一步發現這棟公寓。當時我跟管理員商量，請他讓我看一下那間套房，可是他卻怎麼也不肯答應。就在我們爭論不休的時候，警方也抵達了，然後就把我趕出來了。真是失望。」

「噢，這樣啊。沒關係，你也跟我們一起來吧。什麼？擔心警方？不會有事的啦。」

當我們從側門進去，首先看到的是一間像倉庫般的房間，緊接著的第二間似乎就是那間疑似原櫻租下的套房。走廊在這間套房前拐了個彎，也就是說這間套房便位於轉角處。不止這樣，再往前走我們便發現走廊又拐了個彎，形成與一開始那條走廊平行的情況。因此，我們要調查的套房等於位在進公寓之後最裡面的地方。也就是說，在走廊盡頭的轉角處只有這間套房。我先前也說過這棟公寓並不大，雖然小巧整潔，但是相對的也有走廊狹窄、天花板不夠高，而且採光不足的缺點。因此導致整間公寓給人一種陰暗的感覺，我想這應該不全然是因為現在是早上的關係吧。

從側門走進來拐過第一個轉角之後就是那間套房的門，在門前站著一位刑警。

「原來如此，看來的確像個遠離人煙的隱蔽之處。」

由利大師回頭看我一眼之後笑了，那是一種富含深意的笑容。

刑警打開房門，我們旋即魚貫而入。套房裡隔成兩間小房間，一間是可以做些簡單料理的簡便廚房，不過那些廚具毫無使用過的痕跡。而裡頭那間小房間裡的家具雖然簡單，卻看得出來是精心設計過的，擺放了許多日常生活小物品。牆上的窗簾、看起來好像很舒適的躺椅、三面鏡、桌椅……，在躺椅頭部的地方還放了一個皺巴巴的靠枕。看到這些物品，我感到一種無以名狀的厭惡感。這間房間裡的一景一物正是原櫻背叛她丈夫的鐵證。可是……

在環顧房間四周之時，我的目光突然定在一點。

「大師！」

「咦？怎麼？你發現了什麼？」

「您看，那個三面鏡的前面……」

「噢，那張照片啊。你看過那張照片嗎？」

在三面鏡前的鏡框裡夾了一張年輕男子的照片。等等力警部也看了它一眼，便突然睜大眼睛，快步走到鏡子旁，動作迅速地抓著鏡框看。之後他回頭看我們的眼神當中，浮現出一種深受感動的神色。

「大師，這下總算可以確定這一起事件跟藤本章二命案有關了。這是藤本的照片。」

「藤本的……」

由利大師觸碰著鏡框，眼神中帶有一絲絲的疑惑，但他馬上改以專注的眼神，仔細地看著那張照片。

「我瞧瞧。嗯，這就是藤本的模樣啊。對了，等等力，夾在這裡的嬰兒照片又是怎麼一回事？」

我站在大師的身後專注地看著鏡框，裡頭夾著的正是藤本本人的半身照，下方還有一張四寸大的可愛嬰兒照片。照片中的嬰兒大約出生後八、九個月大，正是剛學會翻身的年紀，身穿嬰兒服從搖籃裡探出一張小臉蛋兒，就像洋娃娃般天真可愛。

「大師，這一定是藤本小時候的照片不會錯。您瞧，這兩張照片裡的人長得很神似。」

被等等力警部這麼一說，還真有點像。但要從出生後八、九個月大的嬰兒身上，看出二

十六、七歲年輕人的模樣可不容易啊。

「原來如此，從這兩張照片夾在同一個鏡框裡這點看來，你說的或許沒錯。但為什麼要將藤本嬰兒時期的照片一起夾在這裡呢？到底誰會擁有這張二十多年前的照片……」

就像是為了解答由利大師的疑惑似的，從前我在報章雜誌上看到的藤本章二身世的報導內容，倏地出現在我的腦海中。我突然莫名地亢奮了起來，覺得全身發熱、口乾舌燥。

「大師，這張照片……，這張嬰兒的照片該不會是歸原櫻女士所有吧？如果是的話，原櫻女士會不會就是藤本章二的生身之母……」

由利大師和等等力警部突然啞口無言地看著我，但下一秒鐘，等等力警部便沙沙作響地伸手搓揉著鬢角。這是他情緒激動時的習慣動作。

「對啊……。搞不好是這樣……，不，一定是這樣沒錯！不然她不可能將藤本嬰兒時期跟長大成人的照片一起夾在這裡。我之前也看過有關藤本章二的報導，不會錯的，藤本就是原櫻的兒子！他是原櫻的私生子。他的嗓音、動人的歌聲，那都是遺傳自原櫻的。」

由利大師瞪大雙眼，交互地看著那張照片和我們。這件事似乎也讓由利大師情緒激動了起來，他摸著下巴說道：

「等等力，我們得仔細地再次調查藤本的過去，一定要徹底瞭解這個男人的成長背景。此外，我想原櫻十九號早上從品川站下車之後，一定是直接到這裡來沒錯，但問題在於是否有證據能夠證明這一點？」

我們馬上就在房間裡找到了證據。原櫻從品川站下車的時候，雖然把行李交給了相良千惠子，卻帶著小野龍彥送給她的玫瑰花束。我想原櫻下了車之後一定是立刻趕到這間房間，順手將玫瑰花束擱在桌上了。因為在桌布的皺折中，夾著兩片玫瑰花瓣。

「好！這下終於確定原櫻是趕來這裡了。還有沒有其他……」

就在這個時候，正在窺看那張躺椅底下的刑警突然發出一聲詭異的尖叫聲。

「怎，怎麼了？你發現什麼了？」

「砂……。躺椅底下有一堆砂子。」

我們一齊往躺椅底下瞧去。一看，在躺椅底下的最深處，竟然有一座砂子形成的小山。警部立刻想要搬開躺椅，不過由利大師制止了他，反將我們全趕到房間的角落，接著掀起了鋪在躺椅前面的那塊地毯。那地毯底下是一地的砂粒，而且在滿地的砂粒上，明顯地有個放置過四角型物品的痕跡。

「這是行李箱的痕跡吧？」

等等力警部壓低音量，低喃道。

「嗯。等會兒再把那件行李箱帶過來，跟這個痕跡比對。我想應該不會錯……」

「大師，這麼說來，原櫻是在這間房間裡遇害的囉？」

一股寒意貫穿過我的背脊，我問道。

「噢，似乎是這樣……，不，一定是這樣。原櫻一定是在這裡被兇手用砂包重擊昏倒，之後再被勒斃。兇手在勒死原櫻之後，將她的屍體塞進行李箱中，再運往東京車站。」

由利大師默默地聽著警部說出他的看法，而我再度覺得背脊發涼了起來。

因為法醫驗屍後認為原櫻是在十九日晚上九點到十一點之間遇害，即使兇手在九點左右就勒死她，並將她的屍身塞進行李箱中，兇手仍需要一段充分的時間才來得及將行李箱運至東京車站。要做到這一點，就必須事先縝密地計畫過才行。原來如此，難怪由利大師會說這是一件經過兇手精心策畫的殺人案……

我像是被鬼附身般，一臉驚懼陰沉地直盯著這片不吉利的砂粒。過了好一會兒，由利大師才宛如大夢初醒般地說。

「不要亂動這裡的東西，我們應該先問問管理員這裡的情況，搞清楚原櫻是從什麼時候起租下這間套房……」

我們走進另一間小房間，也就是有簡易廚具設備的那間，關緊分隔兩間小房間的門，將在走廊等待已久的女管理員找進來。沒想到這名婦人說的話有點出乎我們的意料之外。

「剛才有警察來找我，說這間房間好像有問題。我剛剛查了一下帳簿，那位名叫原清子的女士是在六月五號簽下這間房間的租約，然後……」

「六月五日？妳是說去年的六月？還是今年的六月？」

警部驚訝地問道。

「當然是今年的六月啊。她事先預付了半個月的房租，所以雖然我原本也覺得有點不放心，但後來還是決定把房子租給她。當時那位女士說她是一個作家，因為家裡常有客人來，沒辦法安靜創作，所以打算把這裡當作工作場所。她說她會經常過來，但並不會住在這兒。之後過了兩、三天，她請人將桌椅、沙發等傢俱搬進來，我才安下了這顆心……。像我們這種負責出租房子的，看過各行各業的人，所以我們也盡可能不去過問房客的私事。何況人家又不常待在這裡，就算來了也是馬上就回去，我也就沒有特別把這件事情放在心上。」

「所以，妳並不知道有一個年輕男子經常出入這間套房囉？」

「不，這我倒是知道。只不過我從未親眼看過那個男人……。住在這間套房對面的川口太太曾經跟我提過這件事。那位原女士很少從正門進來，要是有男人來的話，大概會走旁邊的側門吧？」

「那麼，妳應該不知道原清子是一個怎麼樣的女人吧？」

「不，這我也知道。這件事也是川口太太告訴我的。起初我完全沒發現她是那麼有名的人，因為她總是用面紗罩住臉。其實就算被我看到她的臉，她也不用擔心我這種小老百姓會對她怎樣……。不過，川口太太大約是在一個月前跟我說這件事的，那時我的確嚇了一跳。」

我私下調查之後發現原來清子真的是她的本名，而且她在簽約時所寫的戶籍處，也真的是一戶座落在牛込區的豪宅，完全沒有什麼好奇怪的。我心想，畢竟人家是赫赫有名的大人物，想要一個不為人知的隱蔽處也沒什麼大不了的，所以也就沒有特別放在心上。」

「可是，她最近在大阪遇害的新聞妳應該在報紙上看到了吧？為什麼妳不將她在這裡租屋的事情通報警方呢？」

「嗯，這件新聞我知道，川口太太還特別針對這件事情警告過我。可是，她在大阪遇害跟這棟公寓有什麼關係呢？要是有關係的話，警方遲早也會過來調查，那就等警方自己過來調查就好了呀……」

等等力警部氣憤地咋舌。事到如今，我才發現到兇手的犯案手法之高。這起命案如果是發生在東京，管理員想必馬上就會報警了吧。為了避免這個情況，原櫻的屍體就必須在大阪被發現。雖然這棟公寓遲早都會引起警方注意，但是這棟公寓越晚被警方發現，絕對對兇手越有利。這樣說來，說不定犯人並未料到警方會那麼早發現這棟公寓呢。

「事到如今，說什麼也沒有用了。不過今後妳要是發現什麼覺得奇怪的事，請妳馬上報警。」

警部垮著一張臉告誡她。由利大師接著不急不徐地問道：

「這麼說來，第一個發現那名女性就是原櫻女士的是川口太太囉？」

「是的。」

「那麼，川口太太現在在嗎？我想請她過來一趟。」

「這個嘛……，我想她應該在。需要我去叫她嗎？」

「嗯，勞駕。」

管理員走出房間之後，我對由利大師說：

「大師，我總覺得事情不太對勁。如果原櫻在六月就租下這間套房了，那麼她究竟是和誰在這裡見面？之前我一直認為是藤本章二……」

「我不知道。但我們可以確定的是，原櫻幽會的對象並不是藤本。因為這間套房是六月才被原櫻租走的，也就是在藤本遇害之後。」

「我不懂，藤本命案和這次的案件之間究竟有什麼關係？」

就在警部說出這句話的同時，一位留著短髮的婦人畏畏縮縮地從門後探出頭來。

「噢，妳是川口太太吧？這邊請。」

「我是。那個……請問……我聽管理員說你們好像有事找我……」

「是的，我們有幾件事情想要請教。聽說你在這之前就知道這間房子的主人是原櫻女士？」

「是的。嗯，我也不是完全確定她就是原櫻女士本人，這只是我個人的猜測……」

「妳的意思是？妳並沒有看清楚那名進出這間套房的女人長什麼樣子嗎？」

「沒有，因為……因為她的臉上老是蓋著一層薄紗……，所以我並未清楚看過她的相貌。不過，我覺得有一件事情很奇怪……」

「覺得奇怪的事情？川口太太，妳可以慢慢說清楚嗎？」

也許是因為由利大師的應對方式很穩重，川口太太漸漸平靜了下來，接著說道。

「我印象中那位女士是在六月初租下這間房間的。從走廊轉角過來之後的那間套房就是我家，既然我們住那麼近，所以我想盡量拉近彼此之間的距離。我聽管理員說她並不住在這裡，只是經常會到這裡來工作，好像是一位作家……。所以我不禁想知道她是個怎麼樣的人？」

原櫻的詭異行蹤似乎燃起了婦人常有的好奇心。

「不過我後來發現到，進出這間房間的除了那位女士之外，還有一個年輕男子也經常從側門進來。他的行為舉止總是偷偷摸摸地，像是怕被人瞧見似的。但我倒是從未看過他跟原櫻女士……，也就是那個頭罩面紗的女人一起出現。他們總是單獨出現，再各自離去。但我可沒有偷窺他們唷。所以他們在這間房裡做什麼，我就不清楚了。」

川口太太講到這句話時，不禁面有愧色。

「還有一件事很奇怪。有一次原櫻女士剛進入這間套房沒多久，我覺得好像有人在走廊上，便打開門一看，竟然看到那個經常來的年輕男子逃也似地往反方向，也就是玄關那邊跑去。從我家房門往前走幾步，再向右拐個彎之後馬上就是玄關，他就這樣一溜煙地跑了。那時我想這一定有問題，但我又不可能跟蹤他。而且當時我還有要事，只好置之不理。過了十分鐘左右，我躡手躡腳地來到這間套房的門前，不料房內竟然毫無預警地走出一個男人和那名頭罩面紗的女士。」

「啊，請等一下。妳現在說的這個男人，是經常來的那個年輕男子嗎？」

「不，不是。我剛才也說了，經常來的年輕男子往玄關的方向逃走了，而這件事情是發生在那之後。而且……，而且當時跟頭罩面紗的女士一起走出房間的是我所熟知的人。他跟經常來的年輕男子是不同的兩個人。」

「這樣啊。妳說那個男人是妳所熟知的人？他究竟是何方神聖？」

「男高音小野先生……。我是他的歌迷，所以我很清楚，當時跟那個頭罩面紗的女士一起走出房間的就是男高音小野先生。」

我們一驚之下，不禁面面相覷。由利大師的眼中閃爍著驚異的光芒，用手輕撫下顎。

「原來如此。所以經常來的年輕男子是另外一個人囉？」

「是的，他們是不同的兩個人。那是我第一次也是唯一一次在這裡看到小野先生。」

「那是什麼時候的事呢？」

「我想應該是正好一個月以前。當時那名頭罩面紗的女士一副六神無主的慌亂模樣，看起來好像隨時都會昏倒，又好像在哭的樣子。小野先生攙扶著她從側門離開。那時我聽到小野先生說：『老師，您要堅強啊！』讓我頓時倒抽了一口氣。我這才發現到，小野先生口中的老師，也就是那位姓原的女士……，竟然就是那位鼎鼎大名的原櫻女士。當時我才驚覺到這個事實，所以也向管理員知會了一聲。」

這下事情變得越來越錯綜複雜了。

當我聽到原櫻跟某個男人幽會的時候，我馬上就想到了小野。但來到這裡，夾在鏡框中的卻是藤本的照片。當時我曾一度懷疑與原櫻幽會的人是不是藤本，但從時間上來看，她的幽會對象不可能是藤本。於是我的思考焦點再度回到小野身上。但就川口太太所說，經常來這裡的男子並不是小野。如此一來，那名男子究竟是何方神聖？原櫻的身邊到底圍繞了幾個年輕男人？

「對了，川口太太，我想向妳請教一下，關於那位經常到這裡來的年輕男子，妳印象中他究竟是個怎樣的人呢？五官的輪廓也好，不知道妳有沒有印象？」

「嗯，這個嘛……。我經常在走廊上與他擦肩而過，不過他總是立刻別過臉去，而且他載著一副厚框的藍色眼鏡，還用圍巾包住半張臉……，所以我不太清楚他長什麼樣子。不過，基本上他是一個中等身材，皮膚白晰的年輕人。另外……，噢，我想起來了，他總是把身上穿的雨衣或大衣領子立起來。只有一次他沒扣上大衣的扣子，那時我看見他在大衣底下穿的服裝，這件事情讓我特別印象深刻。因為他穿著一件長禮服，下擺敞開，領子反折處雖然有點褪色，顏色仍然非常鮮艷。他總是把一支細長別緻的拐杖夾在腋下，看起來感覺非常帥氣。」

「妳說什麼？那個男人將一支細長的拐杖夾在腋下？還穿了一件領子反折處有點褪色的長禮服？」

這個時候，五井突然走到我們身邊。

「嗯，我不會記錯的，我只看過那麼一次他大衣扣子沒扣的樣子。」

「他將一頂毛帽戴得很低，還用藍色的眼鏡、圍巾罩住五官……？」

「是的，就是那樣。」

「五井，怎麼了？你認識那個男人嗎？」

「三津木先生。」

五井用一種像是被人掐住脖子的聲音說。

「我剛剛才在這裡碰見那個男人，就在側門那邊……。我剛才還不知道這間套房就在側門附近，所以也沒多問，就讓他走了。誰知道他一跨出門，竟然逃也似地跑掉了。」

由利大師聽到五井這麼一說，突然睜大雙眼，惡狠狠地瞪著五井。

「你說的是真的嗎?你在什麼時候碰到他的?」

「你們到這裡前的一個小時左右,不,也許更早一點。我想應該是七點半左右。」

「三津木。」

由利大師馬上回頭對我說:

「你馬上打電話到報社,叫他們跟大阪方面聯絡。叫他們火速調查,看看從昨天晚上到今天早上這一段時間當中,原櫻歌劇團的團員是否有誰不在飯店裡!」

我立刻跑到管理員的辦公室跟他借電話打給總報社,幸好接電話的正是田邊主編。主編一聽到是我的聲音,立刻對我咆哮道。

「三津木,你幹嘛離開大阪?昨天晚上N飯店裡發生大事了!」

「我知道,有人不見了,對吧?」

「噢,女中音相良千惠子好像從昨天晚上起就不見人影,不過我指的大事卻不是這個。昨天晚上N飯店裡又有人遇害了。」

「咦,咦,咦?你,你說什麼!」

我緊握著話筒,全身像是結了冰似的,完全失去了知覺。

「到底是誰遇害了?」

「島津剛才打電話告訴我⋯⋯,遇害的是經紀人助理雨宮順平。你馬上給我回大阪去!」

13 CHAPTER — 第十三章

五扇窗

為了方便起見，我決定再次引用土屋恭三先生的手記，以此說明當我和由利大師前往東京時，在大阪所發生的事情。由利大師在前往東京之前，向土屋先生借用手記，大師在感謝土屋先生的辛勞同時，也懇請他今後繼續將所見所聞鉅細靡遺地記錄下來。土屋先生也信守承諾，將我們前往東京之後所發生的大小事情，全部詳實地寫下。我現在要將這本手記當中的內容去蕪存菁，僅留下這本小說所需的部分給各位過目。

土屋恭三的手記

啊……頭好痛！今晚我只想讓腦袋淨空，什麼也不想、什麼也不寫地好好睡個大頭覺。一想到雨宮順平慘死的模樣，我就感到全身不寒而慄。這種時候我只想用酒把自己灌醉，不醒人事地一覺到天明。然而君子一諾值千金，既然我已經跟由利大師講好，在這起命案破案之前（這起命案會有破案的一天嗎？），我要將自己的所見所聞鉅細靡遺地記錄下來，所以無論發生什麼事，我都要信守承諾。何況現在發現了這麼可怕的事情，我更是責無旁貸。

可是我該從何寫起呢？在今天這起命案發生前究竟出了什麼事？

對了，就是相良千惠子！當原櫻遇害的時候，相良扮演了奇妙的角色，這次發生命案的時候她又莫名其妙地失蹤了。這個女人……

今天晚上九點過後，相良被發現人不在飯店裡。當時我在自己的房間內思考著近來發生的這許多事，說起來有點不好意思，但我真的很不安。每當我想到這起命案，就會對這個世界感到非常不安。再加上剛才警部搬來了一只行李箱。雖然對於那只行李箱，警部和由利大師都沒有多做解釋，但是從刊登在今天早報上的報導，以及剛才兩人說話的口吻來看，原櫻的屍體應該是被犯人塞進那只行李箱，再運到曙公寓來的。而且由利大師說他今天晚上要前往東京，看來行李箱一定是從東京寄出的……。如此一來，這件事今後到底會有怎樣的發展呢？原櫻又是在哪裡遇害的呢？

就在我思考這些事的時候，雨宮縮頭縮腳地推開門進來……

「土屋先生，你知不知道相良小姐人在哪？」

「相良？你找她有什麼事？」

「沒什麼，只是剛才警部先生又來了一趟，說是有事情想要問相良小姐。我到處都找不到她人。」

「警部又來了嗎？」

「是的。」

「可是，相良不可能不見呀。飯店的裡裡外外都有刑警守著。」

「是啊，可是我在飯店裡找了好久，到處都沒看到她。」

我咋了個舌，站起身來。

「總之，先下樓再說。」

我的房間位在四樓。下了樓梯，我看到淺原警部一臉苦惱地站在櫃台前。

「我聽說相良不見了？」

「嗯，到處都找不到她。」

「您找相良有什麼事嗎？」

「沒什麼，倒也不是什麼重要的事。只不過，她擅自外出會造成我們警方的困擾……」

警部的聲音聽起來好像壓制著怒氣。

「擅自外出……？可是，飯店的裡裡外外都有刑警守著，她怎麼出得去呢？難道都沒有人見到相良離開飯店嗎？」

「沒有。天黑之後，完全沒有婦女外出。」

目前住在這家N飯店的客人除了我們原櫻歌劇團一行人之外，還有不少旅客。警方再怎麼要求，也不可能限制所有住客不准外出，所以跟歌劇團毫無瓜葛的一般客人還是可以自由進出。不過警方在前後門都派了刑警守著，只要有人外出就會被他們仔細地瞧上一眼，要是歌劇團的一行人想要假裝成一般客人偷溜出去，馬上就會被逮個正著。

「既然如此，她應該在飯店裡才是，我們再找找看吧？」

「我剛才已經請刑警和飯店裡的人去找了。」

「我們也來幫忙找吧。雨宮，你也去找！」

「可是要從何找起呢？」

「她說不定是在誰的房裡聊天，所有人都在房間裡嗎？」

「是的，我想應該是……」

「那麼，你去給我一個一個問！要是找到相良的話，就叫她立刻下樓來。」

「辛苦你們了。那麼，我在經理辦公室等她，請你們幫我跟她說一聲。」

警部的聲音聽起來稍微平靜了些。

我跟雨宮分開之後，獨自往位於地下室的餐廳走去，但相良千惠子也不在餐廳裡。我倒是看到低音大提琴手川田和長號手蓮見兩個人在這裡喝酒。

「碰到你們剛好，你們有沒有看到相良？」

「相良？沒有看到。」

低音大提琴手川田一副愛理不理地樣子，真是個難相處的傢伙。

「土屋先生，我們到底要被關在這間飯店裡多久！再這樣悶下去，我們身上都快要長出香菇了。」

長號手蓮見抱怨道。

「你問我，我問誰？」

「土屋先生，我的低音大提琴什麼時候才能還我？交給警方保管我很不放心耶，要是他們不小心刮傷我的琴怎麼辦？」

「你問我，我問誰！你不會去問警部啊！」

離開餐廳後，我決定一間一間地從三樓檢查到四樓，因為歌劇團的團員分別住在三、四樓，沒有人住在五樓。而這間飯店是一棟五層樓建築，我們在五樓只租了一間房間用來堆衣服道具，相良應該不可能跑到那間房間吧？

到處都不見相良的蹤影。除了志賀和牧野不在房間之外，其他人幾乎都待在自己的房間裡面。

聽一郎先生和小野的房間在三樓。我先到聽一郎先生的房裡，問他有沒有看到相良。已經準備上床就寢的聽一郎先生一臉莫名其妙地反問我：「怎麼了嗎？剛才雨宮也來問過，發生什麼事情了嗎？」

接著我去了小野的房間。小野一臉慘白，像是失眠地在房間裡走來走去。他說：「相良小姐？我沒看到。剛才雨宮也來找過她。」

我覺得越來越不安，心頭亂糟糟的。也難怪警部會心情不好了，既然負責看守的刑警篤定相良絕對不可能離開，她就一定還在這間飯店裡。問題是飯店裡到處都找不到她，這究竟是怎麼一回事呢？

我繼續檢查四樓的房間，卻依然不見相良的蹤影。不過四樓的房間當中，只有一間我沒有檢查。事後回想起來，我才發現那間房間大有文章，但當時的我怎麼料想得到呢？我沒有檢查的正是低音大提琴手川田和長號手蓮見兩人同住的房間。那時我想，既然剛才已經看到他們在地下餐廳喝酒，房間裡面應該沒人吧。我就這樣直接跳過了那間房間。要是我當時打開他們的房門，往裡頭瞄上一眼的話……

先撇開這個不談，結果我還是沒找到相良。我再次下樓，往警部正等待著的經理辦公室走去。當我正要打開辦公室的門時，突然聽到某種聲音。

「喀鏘！」

這是玻璃破碎的聲音吧。聽起來似乎是從飯店樓上傳來的……，當我心裡正這麼想的時候，耳邊又傳來一聲「咚！」的聲音。我打開辦公室的門一看，警部正好打開窗戶往外瞧，他一定比我還早聽見這個聲音。

我先說明一下經理辦公室的位置。這間辦公室位於飯店的側面，窗外距離約一間（註）的地方，就是高大的K信託公司。也就是說，從這間辦公室的窗戶看出去，飯店與K信託公司之間有條一間寬的小路。原本往小路兩端張望著的淺原警部突然嚇一跳似地，將身體縮了回來。他愣了一下之後回過頭來，眼神與我的視線相對。

「啊！土屋先生，有人摔下來了！」

淺原警部話一說完，立刻從窗戶跳了出去。我一驚之下，也走到窗邊，跟在警部之後跳出窗外。

從這條小路往右即可走到飯店前的大馬路，往左則是通到淀川。我看到警部往左方走，於是我也跟著往那個方向走去。

警部隨即走到飯店的最後方，彎下腰來點燃火柴，不知道在看什麼。我立刻追上前去，從警部的背後望向路面。警部剛點燃的火柴很快就熄滅了，所以我看不大清楚，不過隱約可見地面上確實有個人形物體倒在那兒。

警部反射動作地起身，抬頭仰望飯店。這條小路被兩側高聳的建築物夾在中間，整條路烏漆抹黑的，唯一的光源來自飯店四樓的某間房間，從敞開的窗戶微微透出燈光。有人正從那扇窗戶往下望。

「是誰？是誰在那裡……」

「是我啊！發生了什麼事嗎？」

「你是誰？這個聲音……？」

註──舊式的長度單位，一間約等於一點八公尺。

「是牧野啊。指揮的牧野謙三……」

「噢，原來是牧野先生，那是你的房間嗎？」

「不是，這裡不是我的房間。」

「那麼是誰的房間？」

牧野回頭看了房間一眼，旋即朝下對著我們說。

「這裡好像是川田和蓮見的房間。」

「那麼他們兩個人不在房裡嗎？」

「嗯，他們不在這裡。」

「川田和蓮見在餐廳裡喝酒。」

我插嘴補充說明道。

「牧野先生，那你為什麼會在那間房間裡面呢？」

警部的問話方式顯得有些尖銳。

「我……？我嗎？我剛才正好經過這間房間外面，卻突然從房間裡傳出玻璃破碎的聲音，我嚇了一跳，所以才打開門進來看看的。」

「嗯，嗯。結果呢？」

「當我進入房間的時候，裡頭的燈沒開，一片烏漆抹黑的。等我打開電燈一看，發現窗戶開著，被風吹得左右搖晃。不但如此，窗戶上的玻璃也破了。因此我才會往下看看是怎麼回事。警部先生，發生了什麼事嗎？」

昏暗之中，從四樓往下看似乎看不見路面。警部低吟了一聲，再次依序從飯店高層的窗戶一個個看下來，咬牙切齒地問道。

「牧野先生，那麼你是在聽到玻璃破碎的聲音之後，便馬上打開房門了？」

「馬上……？噢，是啊，我馬上打開了房門。」

「那時房間裡沒開燈，當你打開電燈的時候，房間裡一個人也沒有嗎？」

「是的，一個人也沒有。」

「有沒有可能當你打開房門，按下電燈開關的那一瞬間……，也就是當房間裡還是一片漆黑的時候，有人從你身邊溜出去呢？」

牧野稍微想了一下。

「我想這並不可能。您也知道電燈開關在房門的右邊，所以在開燈的時候，我人是站在房間門口的正中央。」

「然後你馬上跑到窗邊往下看。當你站在窗邊往下看的時候，有沒有可能有人從你背後溜了出去……？」

牧野再度想了一下。

「我不知道，但這種說法我無法接受。我壓根兒沒有想過這種可能性，如果有人躲在這間房間裡，當我打開電燈的時候不可能沒發現他，所以我認為這個假設不大可能成立。」

「為什麼不可能成立？既然對方已經躲了起來，又怎麼會被你發現？」

牧野再度回頭看了房間內部一眼。

「警部先生，您會這麼說是因為您不知道這間房間的內部擺設。請您親身到這裡看看，房內根本沒有地方可以躲人，頂多就是床底下而已……」

「床底下？那麼，可以麻煩你檢查一下床底下嗎？」

「警部先生，到底怎麼了……」

牧野抱怨歸抱怨，話說到一半，人就從窗戶邊消失了。

當警部和牧野一問一答的時候，我感到一股無以名狀的不安。因為我漸漸瞭解到，警部為什麼要死纏爛打地追問牧野了。

受到地心引力的影響，物體會呈直線落下，所以現在躺在地上的那個人若不是從正上方那一直排的五扇窗其中之一掉下來的，那就是屋頂了。先撇開屋頂不談，五扇窗之中，除了四樓的那扇窗戶之外，其他四層的窗戶都關得緊緊的。當然，沒有仔細調查過其他的四扇窗，我也不敢斷定它們一定都是關得密不透風，但警部會將調查目標鎖定在目前敞開著的四樓窗戶，也不無道理。

沒過多久，牧野從窗戶探出頭來。

「警部先生，這裡果然沒有人。再說，這裡的床鋪很低，根本不太可能讓人躲在床底下。不過話說回來，究竟發生了什麼事啊？」

「沒什麼，再過一會兒你就會知道了。總之請你待在那裡，不要讓任何人進去。」

其他房客大概是聽見了我們的談話聲，各個房間的電燈都被點亮了，窗戶也陸續被打開，一顆顆的人頭從各個窗戶探出來往下看。三樓的小野和原聰一郎先生、四樓的男中音志賀笛人和歌劇團的其他團員也都從窗戶探頭出來張望著。所有人都悶不吭聲，俯看著漆黑的路面。

但不可思議的是，除了牧野探出頭來的那扇窗，那一整排窗戶從一樓到五樓都沒有人打開窗戶。

「啊，那邊……，從三樓往下望的可不是原先生嗎？」

「嗯，是我。警部先生，發生了什麼事嗎？」

聽一郎先生的聲音聽起來很睏。

「不，沒什麼……，你右手邊的房間是誰的房間呢？不，不是那邊，以你的角度來看應該說是你左手邊的房間。」

「噢，最裡面那一間啊。那是相良的房間。」

媽的！我聽見警部咋舌的聲音。

「牧野先生，牧野先生。」

「嗯，有什麼事？」

「你知道你目前在的這間房間的正上方是誰的房間嗎？」

「噢，這個我知道。」

我插嘴道。

「那是誰的房間？」

「那是一間空房間。不，那間房間被我們租下來了，所以也不能算是空房間，不過我們租那間房間是用來堆放衣服道具的。」

媽的！警部又低聲咒罵了一句。

飯店經理這時慌慌張張地趕到，警部快速地掉過頭去對經理說：

「你來的正好。二樓和一樓的這兩間房間到現在都還沒有人打開窗戶，是沒有人住嗎？」

「到底發生了什麼事？二樓的那間房間目前確實沒人住，一樓的這間房間則是被我們當作置物室在使用。」

媽的！警部這個時候好像又低聲咒罵了一句。我也漸漸清楚瞭解到警部焦噪不安的理由了。那一排垂直的五扇窗，由上而下依序是堆放衣服道具的房間、川田和蓮見兩人共用的房間、相良千惠子的房間、空房間和置物室。警部正試圖找出四樓那間房間之外，其他房間涉案的可能性。

「警部先生，這到底發生了什麼事……？」

對於經理所提出的問題，警部只是搖搖頭，點燃起一根火柴，彎腰檢視腳邊的路面。也難怪經理此時會倒抽一口氣了，那裡有一個男人用一種不自然的姿勢倒在地上，臉上還蓋著一件質地柔軟的大衣。

火光熄滅。警部又點燃了一根，然後撥開大衣。我不禁倒抽了一口氣。倒在地上的竟然是雨宮順平。

「他是從窗戶掉下來……，摔死的嗎？」

警部搖搖頭，趕忙再點燃一根火柴照亮雨宮的喉嚨一帶。我一看見他的喉嚨，又深深地吸了一口氣。他的喉嚨上明顯留著指印……

「他是先被人勒斃之後才從窗戶推下的。」

火光熄滅。置身在一片漆黑之中，我感到一陣毛骨悚然。

14 CHAPTER

第十四章

長號

我到底要寫這種鬼玩意兒寫到什麼時候！屋漏偏逢連夜雨，光是原櫻一起命案就夠棘手了，現在又加上雨宮，而且相良還下落不明。既然現在發現了雨宮的屍體，相良該不會也在哪裡遇害了吧？我也加入警方的行列，一同在飯店裡展開地毯式搜尋，卻依舊毫無斬獲。看守飯店前後門的刑警表示相良絕對不可能離開，他們聲稱天黑之後就沒有任何婦女外出。如此一來，相良究竟是消失到哪兒去了呢？我實在摸不著頭緒。不過這些都是後話了。

當時其他刑警發現騷動，隨即趕到這條小路上。警部派人留守屍體後立刻衝上四樓，我們也尾隨在後。爬上四樓一看，川田和蓮見繃著一張臉站在門前，而志賀笛人依然一臉憂鬱，站在走廊的另一端。

一進房間立刻看見牧野謙三坐在床邊抽菸。牧野一看見警部，嚇得臉頰抽搐，卻沒有起身的意思。警部大步穿過房內，走到窗邊調查破碎的玻璃。那扇窗戶左右向外對開，左邊的玻璃破了四片，呈現鉅齒狀的大洞。

「當你打開電燈的時候，這扇窗是打開的嗎？」

警部回頭詢問牧野。他反射動作地點點頭。

「是的，當我打開電燈的時候就已經打開了。而且是左右幾乎呈直角地向外打開。」

牧野喉頭發出聲響，嚥下了一口口水。

「警部先生，倒在那裡的是誰呢？不，其實他是誰不重要。那個男人……或女人是被人從這扇窗推下去的吧?可是我在聽到玻璃破碎的下一秒鐘就衝進了這間房間。我總算瞭解為什麼警部剛才那麼死纏爛打地追問我，有沒有人從這間房間裡跑出去的理由了。剛才我也說過了，沒有人從這間房間跑出去。你們也看到了，這裡根本沒有任何藏身之處……，也就是這會變成是我將人推下去的。換句話說，除了我之外，沒有人有機會將那個男人……或女人推下去。」

警部眼睛一眨也不眨地盯著牧野。看了好一會兒，警部才收回目光，在房裡掃視了一圈。我跟著警部的眼神，環顧四周。原來如此，牧野說的沒錯。在這間空蕩蕩的房間裡完全沒有讓人藏身的地方。房間裡左右兩面牆前各放了一張床，床鋪很低，狹小的空間不太可能藏人。就算有人硬把自己擠進床底下，要出來可就累了。要是有人從床底下爬出來，就算窗外發生的事情再怎麼讓牧野分神，他也不可能沒察覺。

「牧野先生。」

警部從正面注視著牧野的臉。

「你剛才提到那個男人……或女人。從這句話聽起來，你是不是懷疑被人從這裡推下去的可能是一名女性呢?」

牧野神情恍惚地看著警部。

「因為，那是因為剛才雨宮和土屋不是一直在找相良嗎?所以我以為是相良被人推下去了……」

警部一聽到相良的名字，像是突然想到似地挑起眉毛。對啊！相良……相良怎麼了呢？要是牧野沒提起這件事，我們都把相良的事情忘得一乾二淨了。

就在警部想要說些什麼的時候，站在我身旁的蓮見突然大叫著衝進房內，推開牧野，從床上拿起一把……長號？

「是誰？是誰？是誰！是誰把我的長號弄成這副德性……」

蓮見語帶哽咽地說。在場眾人的視線同時集中在他手中的長號，我越看越覺得長號的通氣管好像歪掉了……（以下省略）

看到這裡，相信各位讀者都已經知道，在我們前往東京的那天晚上，大阪的飯店裡發生了什麼事。那麼土屋先生的手記就引用到此為止，以下回到我們自身的冒險之旅。

雨宮在N飯店遇害的隔天，我們搭乘的火車在晚上八點返抵大阪車站。這班列車就是十九日那天，原櫻原本要搭乘的班次。這起命案真是折煞人，昨天早上我們才從東京抵達大阪，在晚上又搭車回到東京，這會兒居然又趕回了大阪。我們究竟得在東京、大阪之間來往幾趟才行？由利大師和我都算是身強體壯的人，但這麼一來　往地折騰下來，這天晚上我們真的累了。從大阪車站直接趕往N飯店的時候，我們都沒力氣開口說話。

這起命案卻沒有讓我們有稍作喘息的時間。我們事先打過電報，淺原警部早就在N飯店等著我們。警部一見到我們，立刻將我們帶到經理辦公室，鉅細靡遺地告訴我們昨天晚上發生的事情。聽著聽著，由利大師臉上的疲態逐漸消退。大師瞇起眼睛想了好一會兒，才挺起身子地說。

「這麼說來是這麼一回事囉，當時你在這間房裡，聽到上面傳來破璃破碎的聲音，緊接著又是重物掉落的聲音。當你打開窗戶向外張望的時候，看見雨宮倒在地上。當時你有沒有馬上抬頭看上面？」

「那當然。我反射性地往上看。可是那一排窗戶除了四樓之外，其他樓層的窗戶都關著。雖然當時天色已暗，我看不太清楚，但是假使犯人是在將屍體推下來之後再關上窗戶，我多少還是能察覺到不尋常的動靜才對。」

「是否能依照遺體骨折的情形研判出大概是從多高的地方摔下來？」

「嗯，這一點我也有想到。我請教過醫生，醫生說他一定是從三樓以上的高度摔下來的。」

「這麼看來，從四樓窗戶摔下來的可能性就變得非常大了。而且聽到破璃破碎的聲音之後，立刻衝進房間的牧野先生也證明，當時這間房裡絕對沒有人，是嗎？」

「是的。他也因此非常擔心。因為他在作證之後發現，只有自己有機會將雨宮推下樓。」

警部別有意涵地笑了。

「原來如此。要是沒有人從那間房間跑出來，那就意謂著牧野有犯案的嫌疑。可是真的沒有人從那裡跑出來嗎？兇手有沒有可能逃到窗戶外面？」

「不，我也想過了這個可能性。這棟飯店每一間房間都一樣，在窗戶外面的左邊有一條垂直的水管上下貫通。雖然只是一條普通的水管，但是為了讓房客能夠在火災等緊急情況下利用它避難，飯店將水管設計得非常堅固，而且滑溜。我曾經想過，兇手是否有可能利用水管溜下來，可是這麼一來，應該會被我發現才是。」

「也就是說……」

由利大師挑起了眉毛。這個動作證明大師對這一點很感興趣。

「也就是說，這是時間上的問題。起初我聽見玻璃破碎的聲音時，立刻跑到窗戶旁邊，打算開窗向外看看情況，這時正是雨宮掉下來的那一瞬間。等到我打開窗戶，將頭探出窗外的時候，突然發出了『咚』地一聲，我馬上往聲音的來源處瞧去。所以兇手要是先將屍體推落，再利用水管滑下來，無論他的身手再怎麼敏捷也不可能不被我看見。牧野先生也是一樣。牧野先生說他一聽到玻璃破碎的聲音，便立刻衝進房裡打開電燈，然後跑到窗戶旁邊。即便如此，他還是沒有看到任何嫌犯。牧野先生提到，當他按下電燈開關後看到的第一眼，玻璃窗還在左右晃動著。這意謂著兇手一定才剛將屍體推落沒多久。就算兇手是多麼身輕如燕的傢伙，要從四樓窗戶的水管滑下來也需要相當的勇氣。再說，無論兇手再怎麼身手矯健，推落屍體之後馬上攀附在水管上也多少需要一點時間。然而牧野先生和我竟然都沒有看到兇手，所以我認為兇手並不可能利用水管逃走。」

這實在像是一種自虐的行為。警部藉由完全否定這種犯案手法，讓自己陷入焦躁不安的情緒，進而獲得一種自嘲的扭曲快感。

「說到這個，命案相關人士有不在場證明嗎？」

「這個嘛，要證明這點恐怕有困難。姑且不論牧野先生，其他人都是獨自待在自己的房裡，所以不在場證明根本無從證明起。低音大提琴手川田和長號手蓮見，這兩個人從事件發生之前就一直待在餐廳裡喝酒，所以沒有問題。至於經紀人土屋，他也有完美的不在場證明。當我發現雨宮的屍體，驚嚇得回頭想找人來時，土屋就已經在這個房間裡了。」

由利大師不發一語地陷入沉思，繼而注視著放在一旁的長號。

「噢，這是蓮見的長號吧？竟然扭曲成這副德性。」

由利大師拿起長號。

「要將長號扭曲成這樣需要很大的力氣吧？上頭有採集到指紋嗎？」

「有雨宮的指紋。當然，也有擁有者蓮見的指紋。上頭就只有他們兩個人的指紋。我猜想遭到兇手襲擊的雨宮可能試圖用這把長號自衛，經過一番激戰才會變成這副德性。」

「可是，如果按你這麼說的話，兇手應該多少會碰到這把長號，如此一來，這上頭就會留下兇手的指紋……？畢竟兇手如果要抹去自己的指紋，只留下雨宮和蓮見的，這並不容易辦到。四樓那間疑似犯案現場的房間裡有類似打鬥過的痕跡嗎？」

「有的。除了地毯皺成一團之外，雨宮被勒斃的時候應該是倒在這張床上，床腳的鐵柱上沾黏了兩、三根帶血的頭髮，那的確是雨宮的頭髮沒錯。兇手之所以沒有在長號上留下指紋，如果不是因為他沒碰到長號，就是他戴了手套。」

「在飯店裡面？假使犯人戴了手套，一定有他非戴不可的理由。案件發生的經過我大概知道了，那麼，是不是可以讓我看看那間疑似犯案現場的房間呢？」

就在由利大師即將起身的時候，一名刑警打開房門說道。

「那個……，打擾一下，有一位名叫小野的先生，說他有事情想跟由利大師談，不知道由利大師方不方便？」

由利大師和我不禁互看了一眼。大師雖然有點納悶，還是說：

「打鐵要趁熱，要是我們拖拖拉拉，他又改變心意的話就不好了。警部先生，四樓的房間我待會兒再去看，先聽聽小野怎麼說可以嗎。」

「安井，你馬上去帶小野過來。」

刑警離開後，由利大師像是忽然想起來似地，回頭對我說。

「對了對了，我都忘了。三津木，《週刊畫報》是你們報社的雜誌吧？」

我吃驚地看著大師。

「是的，沒錯。可是……」

「大阪分社裡是不是也有收藏過期的雜誌？」

「我想應該是有的。可是，大師，《週刊畫報》怎麼了嗎？」

「理由晚點再說。不好意思，你可不可以打電話給分社的人，請他們火速將去年的……，嗯，十月到十二月份的《週刊畫報》送到這裡來？我想要查看其中的某件事。」

我立刻打電話給島津。

「好哩！我馬上送過去。不過，三津木先生，這起命案究竟進展如何哩？」

「我還不清楚。不過，大師心理好像已經有了底。總之，你趕快送來！」

就在我掛上電話的同時，小野步履踉蹌地走了進來。

15 CHAPTER 第十五章

惶恐的女高音

我從沒見過一個男人在一夜之間變得如此消瘦。昨天的小野也很憔悴，但今晚更糟，不但眼窩深陷，連臉頰也變得有稜有角，證明他昨晚一整夜都沒有闔過眼。他的雙眼無神，空洞的目光依序從我們三個人的臉上掃過，接著嚥下一口口水，對我們說。

「大師，大師找到那棟公寓了吧？還有，還有，那間房間裡的……」

「小野，來，先坐下來再說。你說的是這張照片嗎？」

大師從手提包中，拿出在清風莊裡找到的藤本章二的照片。小野一看到那張照片，先是深吸了一口氣，然後頹然跌坐進椅子裡，雙手緊緊地抱住頭。

「小野，你應該知道我有多瞭解原櫻女士。把你知道的都說出來吧。這樣你就能夠放下心頭的重擔了。」

小野頭垂的低低的，虛弱地點了點頭，斷斷續續地說。

「沒錯，我再也守不住這個祕密了。將這件事情講出來，或許是對老師……，對原老師的背叛，但我已經顧不了這麼多了。反正我就是個意志薄弱的男人。」

小野說到這裡抬起頭來，他的眼神依舊空洞失焦。

「首先，就是您昨天問到的部分，也就是二十號早上的事情。雨宮跟您說的都是真的。那天早上我收到了一張內藏暗號的樂譜，暗號內容是：『有件事很棘手，我想跟你私下談談，速至寶塚。我在會客室等你……』類似這樣的文字。」

「那麼，寄件人是誰？」

「上頭沒寫。不過會用這種暗號方式通信的，除了原老師之外不會有別人，於是我毫不猶豫地前往赴約。」

「你身上帶著那張樂譜嗎？」

「我在前往寶塚的電車上，將它撕碎丟出窗外了。」

「那就算了。請繼續講下去。」

「可是，當我抵達寶塚的時候，卻沒有看見老師。我想老師大概是遲到，所以在會客室等她。一個小時、兩個小時、三個小時過去了……，但老師始終沒出現。當時我想她大概是不會來了。的確，當時老師已不在人世。」

小野硬擠出的笑聲有點嚇人。

「彩排預定從兩點開始，再等下去也不是辦法，於是我死心離開了。接……接下來的事情，你們也是知道的了。」

小野說到這兒，身體微微顫抖著。由利大師好言安慰他。

「我都明白了。那麼，小野先生，這下總算可以請你說說關於那棟清風莊的事了。同時也要請你說明一下，為什麼你要跟原櫻女士用暗號通信呢？」

小野沈默了好一會兒。他低著頭，不斷啃著指甲，過了好一陣子，他才下定決心地抬起頭來。

「哈哈哈哈哈！」

小野從丹田發聲地大笑著。

「我就是這種軟弱的男人。原本打定主意要來開誠佈公，事到臨頭卻又變得畏畏縮縮，我的意志力真是薄弱，可是……，可是我要把所有的事情一股腦地說出來，對，我一定要說出來！沒錯，是原老師提出要用這種暗號方式通信的。我記得很清楚，今年六月左右，藤本命案發生之後沒多久，老師突然提起了這件事。她說今後我們有很多事情不方便被其他人知道，所以彼此之間的信件往來就用暗號吧。我剛才也說過，我們開始用暗號通信是在藤本命案發生後不久，當時以樂譜設計暗號一事在社會上引起一陣騷動，所以我當下只認為老師是一時興起。當我問了老師，她也是這麼說的。於是我們開始頻繁地以暗號書信往來。我話可要先說在前頭，老師跟我之間是清清白白的！沒錯，我的確是對老師有憧憬之心，為她傾倒。但老師是何等身分？能夠蒙受像她那樣魅力十足的女士分外寵愛，我感到欣喜若狂。能夠和老師那樣高貴的女士、優秀的藝術家，如同情人般交換以暗號寫成的書信……，我簡直高興得快要飛上青天，感到萬分得意。然而那卻不是戀愛。那種情感和戀愛非常相似，卻終究有些不同，對我而言不是，對老師來說也不是。說穿了，那應該是母子之間的情感，而且是感情非常融洽親暱的母子之情……。我不知道怎麼形容會更好，但我們之間就是這樣的情感。總而言之，這並不是戀愛，但是因為加進了暗號通信這個『祕密』，而使得這種感覺很像在談戀愛。換句話說，我是沉醉在『祕密』帶來的既甜蜜又神祕的感覺之中。我們大概連續寫了一個月左右的信。就在你來我往的書信往返之間……，我記得是在七月底、八月初的時候，我在一次偶然的契機下發現了老師『真正的祕密』。」

小野說到這裡頓了一下，舔了舔乾裂的嘴唇，眼神愁悵地盯著地板。過了好一會兒，他才繼續說下去。

「我家就在愛宕山的山腳下。在家的時候，我習慣在下午四點到五點之間到附近散步。散步的途中會經過一棟叫做清風莊的公寓。那天，當我經過清風莊的時候，突然從清風莊的側門衝出一位女士。那位女士身穿灰黑色的洋裝，臉上罩著深色面紗，使人看不清楚她的臉。她一看到我便急忙地轉過身去，逃也似地跑走了。我吃驚地說不出話來，只是愣愣地望著她的背影。這時我突然發現，從那位女士的身型、步伐看來……，她一定是老師。當我發現這一點的時候，我感到一種無法言喻的厭惡感湧上心頭。不管什麼事老師都會告訴我，甚至連她先生都不知道的祕密也告訴了我。我自認對老師的事瞭若指掌，但是老師那時的行為舉止又該做何解釋？她為何看到我便轉身就跑呢？這也就罷了，重點是她到底去清風莊做什麼？我從來沒聽說過老師有朋友住在清風莊，而且老師很清楚我家就在那棟公寓的附近，要是她有朋友住在那裡的話，她不可能不對我提起……。總歸一句話，我很不高興。我和老師之間的關係雖然不是情侶，但我心中還是萌生了妒意。之後老師對那件事絕口不提，她那種態度更是讓我感到一肚子氣，所以我也故意佯裝不知。但在那之後，每次在散步的途中，我總會刻意往清風莊的側門瞧上一眼。事隔不久，我又在那棟公寓的附近看見老師，她依舊穿著一襲黑洋裝，臉上蓋著一層黑面紗。我光看背影就認出她是老師，便快步追上前去。老師大概是聽見了我的腳步聲，回頭一看是我，吃驚地跑了起來，一溜煙跑進了清風莊。我立刻尾隨在後，也衝了進去……。結果，結果，我就看見老師跑進了那間房間。」

小野講到這裡，看了由利大師一眼，然後繼續說道。

「當我衝進房間的時候，老師匆匆忙忙地想要把放在梳妝台上的東西藏起來。我不由分說地撲上前去，從老師的手裡奪了過來。我從她手裡奪過來的，就……就是那張照片。」

小野無神的目光，突然射向由利大師拿在手中的藤本章二的照片。

「……原櫻女士有沒有解釋這張照片？」

小野雙手抱頭，虛弱地點點頭。

「有。不過是我硬逼老師說出來的。我從沒見過藤本，但是報章雜誌上經常刊登他的照片，所以我很清楚他的長相。當我一看到那張照片，便馬上察覺到照片上的人是藤本。當時我的心中萌生出一股難以言喻的厭惡感。藤本已經死了，但嫉妒這種感情卻不會因為情敵的死而一筆勾消。關於藤本的風流韻事，我也聽過不少，當時我只感到一種言語所無法形容的骯髒下流、令人作嘔的感覺，於是口不擇言地對老師破口大罵。結果……，結果鬧得老師非說不可。」

「她說了什麼？」

「藤本是老師，原老師的……，原老師的親生骨肉。他是老師的私生子。」

小野難以啟齒地說出這件事情，之後頹然地低下了頭。淺原警部發出一種像是在吹口哨的聲音。也難怪警部會大吃一驚了，我跟由利大師並沒有表現出太過驚訝的樣子，而是暗自在心中描繪當時的情景。

「原來如此，原櫻女士那麼說了是嗎。可是，原櫻女士為何要在那種地方租房子呢？還有，經常跟她在那裡幽會的年輕男子究竟是誰？」

「啊啊。」

小野終於抬起頭來。

「那是因為你什麼都不知道。其實對這件事老師也備感困擾。那名年輕男子因為知道老師的秘密，因此恐嚇老師，勒索錢財。至於為什麼那名年輕男子會知道，老師有個猜測，也就是這個猜測讓老師感到害怕。也許那名男子就是殺害藤本的兇手，殺了藤本後，他發現了老師寫給藤本的信，因此知道了……」

「那麼為什麼不報警，讓警方處理呢？」

聽到淺原警部這麼說，小野露出憤憤不平的神色。

「你問為什麼？這種事當然不能說。老師並沒有證據，不，就算有證據，想必老師也會選擇沉默吧！因為這件事追查到最後，老師的秘密一定會被揭露出來。」

「也就是說，原櫻女士認為那名男子是殺害自己兒子的嫌疑犯，而且受到對方的恐嚇？」

「沒錯，就是這樣！而且對方的恐嚇越來越變本加厲、得寸進尺。」

「那麼，那名男子是什麼人？原櫻女士知道對方的名字嗎？她曾告訴你嗎？」

由利大師以溫文穩定的口氣問道，小野頹喪地說：

「老師堅決不肯告訴我這件事，要我別再追問，甚至連對方的名字都絕口不提。我大發雷霆，揚言要扒下對方的皮。老師聽到我這麼說，拼命安撫我的情緒，說對方是一個身強體壯的大男人，不是我對付得了的，叫我千萬不可輕舉妄動。我心想不能再給老師添麻煩，只好順從老師的話去做。不過，我想私底下偷偷觀察他的模樣應該無妨，所以依然留意著清風莊的風吹草動，之後我看見那傢伙兩次……，就那麼兩次，不過我確實看見他了。」

「那麼他是個怎樣的男人呢？」

「該怎麼說呢？嗯，他比一般中等身材的男人還要再矮一點，總是穿著大衣或雨衣。其中一次我看到他大衣沒扣上扣子，裡面穿了一件非常鮮艷的襯衫式衣服，領子的反折處有些褪色，有點像是長禮服，還拿了一根別緻的拐杖。我想他一定是藤本的朋友。」

「那麼他的長相呢？」

「我沒看見他的臉。他老是戴著墨鏡，用圍巾蓋住臉。」

就在這個時候，刑警打開房門，探出頭來。

「新日報社來了一個人，帶著雜誌的合訂本要交給三津木先生……」

「噢，這樣啊。把東西拿過來。」

由利大師從刑警的手裡接過《週刊畫報》的合訂本，一邊翻著書頁，一邊說道。

「對了，說到藤本章二，假如他是原櫻女士的私生子，那麼他的親生父親究竟是誰？原櫻女士有沒有提到這一點？」

「關於這點，我也問過老師，但老師無論如何也不肯告訴我，所以我也就沒有進一步追問了。不過，從當時老師說話的口吻看來，很有可能是我所認識的人。」

「你認識的人？那會是誰呢？」

「我不知道。我一點頭緒都沒有。不過，從當時老師說話的口吻看來，對方一定是我一聽到名字就知道是誰的人。」

「原來如此。對了，小野，你最近剛從國外旅行回來，對吧？你是什麼時候回來的呢？」

小野詫異地看著由利大師的臉。

「今年。今年的三月。怎麼了嗎……？」

「不，沒什麼。難怪你會不知情了。」

由利大師語帶玄機。他從口袋中拿出藍色色鉛筆，在雜誌上亂畫。

「三津木，我可以撕下這一頁嗎？」

由利大師不等我回答便撕下了那一頁，將它的上下兩邊工整地反折起來。

「小野，那個恐嚇原櫻女士的男人，該不會是長這個樣子吧？」

大師遞出一張手采翩翩的年輕男子的全身照片。照片上的男子身穿一件長禮服大衣，下擺敞開，頭戴折疊式大禮帽，脅下夾了一根拐杖。他的皮膚白晰，相貌堂堂，臉上被由利大師用藍色色鉛筆塗上眼鏡和圍巾，因此看不清楚相貌。然而小野一看便大吃一驚。

「啊！就是他！就是他！可是，這……？」

「你瞧瞧反折處的文字。」

我和淺原警部都從椅子上站起來，湊到小野的身邊，從他的左右方看著那張紙。小野用顫抖的手指，翻開上下兩邊被反折的部份。他一打開，小野、警部，還有我都嚇了一大跳，差點跌倒。

照片的上方寫著——今年秋季音樂界最受歡迎的戲碼《茶花女》，下方則寫著——阿弗列德・傑爾蒙（Alfredo Germont）——相良千惠子。

16 CHAPTER

第十六章

幽默者的悲劇

小野走出房間之後，我們一語不發地在椅子上坐了好長的一段時間。一股莫以名狀的恐懼感充塞我的胸口。

不過，由利大師的好記性真是沒話說。是啊，我怎麼可能不知道那齣《茶花女》呢？這齣戲在去年秋天上演，既叫好又叫座。原櫻和相良千惠子分別飾演薇奧莉塔和阿弗列德．傑爾蒙，贏得滿堂采。當然，傑爾蒙是男高音的角色，讓女中音來演唱自是違背世俗觀念的做法。但原櫻卻不以為忤，說做就做。

「誰叫日本沒有適合唱傑爾蒙的男高音，我也很無奈呀。你們等著瞧！我一定會讓女中音成功地詮釋傑爾蒙，我的千惠子可是很棒的唷！」

我最近聽說，受戰爭（註一）影響，歌劇的發源地義大利也幾乎找不到男高音，所以當地也有歌劇團讓女中音演唱傑爾蒙這個角色。由此看來，原櫻的果敢作為可說是為歌劇開了先例。

撇開這件事不談，相良當時飾演的傑爾蒙獲得了廣大的迴響。雖然當時女性的時尚風潮開始流行男裝風格，但是相良扮演的傑爾蒙比起任何一個少女歌劇團（註二）中的男角都更加的熠熠耀眼、瀟灑動人。除了相良將傑爾蒙演得好之外，《茶花女》可說是眾多歌劇曲目中

註一——一九三七年當時，義大利已由法西斯主義者墨索里尼主導政權十餘年，對內獨裁、對外侵略擴張，因此大小戰爭不斷。

註二——寶塚歌劇團於一九三二年開始，突破以往對男女外型的固定分界，奠定了由女孩子扮演帥氣男角的雛形。由於寶塚的成功，當時出現了多個以寶塚為藍本的少女歌劇團。

最廣為日本大眾所知的。這也難怪原本三天的演出行程，會延長至一個禮拜了。

不用說，那些老愛雞蛋裡挑骨頭的評論家，自是口徑一致地抨擊這種女扮男裝的舉止。然而，這些評論家的譴責反倒掀起大眾的好奇心。他們越是指責這種做法是邪魔歪道、商賈銅臭味濃，越是使得這齣《茶花女》受人歡迎。

那個《茶花女》的阿弗列德．傑爾蒙──恐嚇原櫻女士的那個人，原來就是相良千惠子。

由利大師微微地搖搖頭，慵懶地說。

「察覺到這點並不是我的功勞，這些都等於是土屋告訴我的。在他的手記中曾提到原櫻女士去年推出《茶花女》這齣戲碼的事，昨天我在火車上看到這一段內容，因而想起了當時世人的評價。今天早上在清風莊，鄰居太太說到與原櫻女士幽會的男人穿著時，我才因此想起這張照片。所以這並不是我的功勞。」

「噢，我懂了，我懂了！我這下總算弄懂了。」

警部突然大叫一聲。我吃驚地回頭望，他喘著氣說。

「我說大師啊，你聽聽看我說的對不對。昨天晚上在飯店看守的刑警斷定，天黑之後就沒有婦女外出。刑警之所以會這麼說也不是沒有道理，因為相良搞不好就是穿著這身打扮離開飯店的，不是嗎？」

「是啊，這點我也想過。她早我們一步搭火車前往東京，然後出現在清風莊。」

「什，什麼？相良去了東京？」

「沒錯沒錯。你還不知道這件事吧？」

由利大師將今天早上發生的事情大略講了一遍。警部一聽之下，不禁瞪大了眼。

「不過，相良為什麼要冒這種險？她跑到清風莊去，到底是為了什麼呢？」

「她一定是在那間房間裡留下了什麼證據。那個證據只要一被人發現，就會知道她是恐嚇原櫻女士的人，所以她才會甘冒危險，前去取回。大師，我說的沒錯吧？」

我回頭看了由利大師一眼。

「大師昨天晚上在飯店大廳裡解開暗號的時候，相良從我的背後瞪大眼睛地盯著大師手上的樂譜。相良當時八成已經看出破解暗號後出現的密文，擔心警方遲早會找到愛宕下的公寓，所以才會甘冒危險，從飯店裡溜出來跑去東京。」

由利大師語帶憂心地說。

「沒錯，當時我也知道相良在看破解暗號後出現的密文。不，應該說是我故意讓她看的。我倒想瞧瞧她會有什麼反應。不過如果相良是女扮男裝溜出飯店，她到底是怎麼拿到那些衣服的？難道她事先就料到會有這麼一著，所以才將傑爾蒙的舞台裝千里迢迢地從東京帶來大阪，帶到這間飯店嗎？」

「不，這並不是我的衣服唷！」

我和淺原警部不禁從椅子上跳了起來。饒是由利大師也嚇得漲紅了臉，抓住椅背的兩隻手劇烈地顫抖著。

「相良！」

警部厲聲斥責相良，由利大師趕忙出手制止了他。大師從椅子上站起身來，走到房門旁邊，輕輕地將手搭在倚門而立的相良肩上，盯著她的眼睛。在大師強而有力的眼神注視下，相良心緒動搖地眨了眨眼，臉頰染上一抹紅暈，長長的睫毛垂了下來，看著地上。

過了好一會兒，由利大師才發現相良的表情有異，放開搭在她肩上的手，輕輕挽起她手臂，帶她走進房內，讓她在椅子上坐下。我和淺原警部只是茫然地看著大師的一舉一動。

由利大師也坐了下來。

「請說明一下，妳剛才那句話是什麼意思？」

我又嚇了一跳。我直盯著由利大師的臉瞧，大師說話的語氣當中充滿了難以言喻的溫柔。

相良從容優雅地蹺起腿來，身子微向前傾地說。

「好，我說。不過，在我講之前，大師……，噢，大師是抽菸斗的，不太方便。三津木先生，可不可以給我一根菸？」

相良將帽子摘下，丟在桌子上。就在我從口袋裡拿出香菸的時候，我發現自己的手指顫抖得非常厲害，怎麼也停不下來。讓我顯得異常激動的原因有二，一是剛才大師表現出的行為，一是當時相良的十足魅力。

女扮男裝的相良身上穿著阿弗列德·傑爾蒙的舞台裝。平常她穿女裝的時候還不覺得，一旦換上了男裝，便散發出一股無法解釋的吸引力。我當時才瞭解，少女歌劇團的男角之所以能夠在社會上造成轟動，不是沒有道理的。

相良緩緩地吸了一口菸後說道。

「問題出在我現在穿著的這套衣服，對吧？關於這點，我剛才說的是真的。我也有一套一模一樣的衣服，不過，現在我身上的這一套卻不是我的。」

「誰的？這是誰的衣服？」

「老師的……。是原老師的衣服。」

淺原警部狐疑地低吟了一聲。由利大師一聽到她這麼說，突然將身子挺直說道。

「妳的意思是，原櫻女士也有一套一模一樣的衣服？」

「是的，沒錯。至於理由是什麼，我現在就告訴你們。」

相良熟練地將香菸上的煙灰抖落。

「你們都知道，去年我穿著這身衣服飾演過傑爾蒙，對吧？你們瞧，那上頭有我的照片。我自己誇自己好像有點兒老王賣瓜的意味，不過我真的很適合演那個角色，因而贏得了滿堂采。老師對於我的表現有點吃味，她說她在那之前，也曾經在義大利扮演過《費加洛婚禮》(註)的凱魯畢諾（Cherubino）。這個角色原本是專為女高音而寫的，雖然是個男角，卻是伯爵夫人身邊的小男僕，雌雄莫辨。老師說她總有一天要演看看清秀斯文的男角，但因為她是女高音，一直無法如願。老師很羨慕我可以女扮男裝，說到最後，她竟然找來裁縫師做了一套跟我一模一樣的服裝，而我現在穿的就是老師當時另外做的那一套。」

「但原櫻為什麼要做這種衣服？她又不可能在舞台上穿它。」

「她是為了惡作劇。老師就像是個孩子，所有偉大的藝術家都是如此。老師就像個長不大的孩子，有她天真無邪的一面，所以她經常會穿這套衣服，出現在會場上，以嚇眾人一跳為樂。有一次我們兩人還穿著這套衣服，在銀座的一家酒吧裡走來走去。她還很得意呢，因為她只要不開口，根本沒有人會知道她是女人。」

「原來如此。這麼說來，她之所以將那套衣服帶來，也是打算在大阪嚇人囉？」

「是的，應該是這樣沒錯……。不過這件事情我卻毫不知情。昨晚我有事非溜出飯店不可，心想不知道有沒有什麼可供喬裝的衣服，跑到五樓翻找行李的時候，竟然從蝴蝶夫人的服裝中找到了這套衣服。當時我真的有點吃驚。不過，這套衣服正合我意，所以我馬上就決定暫時借用一下。大家應該都知道，老師的身高、體型都跟我酷似，所以這件衣服我穿起來也很合身。什麼？我當時穿的衣服跑哪兒去了？我把它藏在舞台裝的衣箱裡面了。」

「於是妳就溜出飯店，前往東京的清風莊了？可是，妳為什麼要去清風莊呢？」

「對啊！你到底從清風莊偷走了什麼？」

警部激動地插嘴問道。

「哎呀，你少含血噴人。」

相良的眼神中帶有惡作劇的色彩。

「我什麼也沒偷。嗯，這麼說好像也不對。是啦，我之前是從那裡偷走了一樣東西。可是，我今天早上卻不是去偷東西，而是將偷出來的東西還回去。」

「還……還什麼？」

「就是那張照片……，藤本先生的照片。」

由利大師突然發出聲音地吸了一大口氣，然後整個身子向前傾地說。

「那麼……，那麼，妳也知道那件事囉？」

相良目不轉睛地盯著由利大師的臉瞧了好一會兒，臉上露出謎樣的微笑。

「那件事……？那麼大師也認為那是真的囉，那張照片……」

註──（Le nozze di Figaro），莫札特（Wolfgang Amadeus Mozart，1756~1791）的三大歌劇之一。全劇以錯綜複雜的愛情關係和優美的旋律串聯而成，佐以鮮明的角色性格與幽默的對話，可說是莫札特最受歡迎的歌劇。

「不，我並不是指這張照片，我問妳的是另一件事，妳知道……，妳知道藤本章二是原櫻女士的私生子這種說法根本就是天大的謊言嗎？」

我驚訝地看著由利大師。淺原警部也無意識地扭了一下身體。

「大師！這麼說來……？難道小野欺騙了我們？」

大師對此沒有回應，目光依舊直盯著相良的臉，繼續問道。

「可是，我並不知道這張照片有何內情，難道這張照片被人動了什麼手腳？」

相良用試探性的眼神看著大師好一會兒，便輕輕地嘆了一口氣。

「哎唷，真是無趣。這麼一來，我今天早上根本是白忙一場。要是沒有這張照片，大師也能知道那件事的話，我幹麼那麼大費周章地把照片還回去。大師，請您把相框裡的照片拿出來看看。」

由利大師趕忙拆開相框，從裡頭拿出一張嬰兒的照片。

「小野先生說過那是藤本先生小時候的照片，對吧？他還真的信以為真。不過只要看過照片的背後，馬上就會發現那根本就是騙人的。」

由利大師急忙將照片翻過來，我們看到照片背後密密麻麻地印著幾行鉛字，所有人都瞪大了眼。很明顯地，那是從外國雜誌上剪下來的。

「就算藤本先生是再受歡迎的流行歌手，也不可能從嬰兒時期就出名，更別說是刊登在外國雜誌上了，那根本是不可能的事。而且我知道這個嬰兒是誰。這張照片是從去年的古典音樂雜誌上剪下來的，照片裡的人是美國的電影明星菲利浦荷姆斯（Philip Holmes）嬰兒時期的照片。老師……，原老師她還真是個幽默的人呢。」

17 CHAPTER — 第十七章

女主角的祕密

「我很清楚為什麼老師要那麼做。畢竟，我對於老師這個人……，我對老師的性格瞭若指掌。」

相良又從香菸盒中，抽出一根菸。她交叉著雙腿，將頭靠在椅背上，瞇起眼睛對我們娓娓道來。

「不過，我認為要說明到警方能夠接受實在是一件很困難的事。不管我再怎麼費盡唇舌說明，生性多疑的警察也不太可能會相信我。所以我只好根據事實，將老師設下的騙局……，或者該說是老師自導自演的這齣戲告訴大家。我就是打定了這個主意，才會做出那麼人膽的事。換句話說，我只是想要藉由將那張照片放回清風莊，讓大家發現它，進而察覺隱藏在照片背後的『謊言』罷了。」

由利大師真摯地看著相良的臉。他溫柔的眼神中透露出的擔心如洪水般滿溢。

「原來如此。」淺原警部搭腔道。從他的語氣聽起來，雖然他仍存有疑慮，但他已經盡可能地試著去相信相良所說的話了。

「我大概知道妳為什麼要那麼做了。我不懂的是原櫻女士，她為什麼要說那種窮極無聊的謊？」

相良聽到警部這麼一說，絕美的笑容中透出一股哀愁。

「警部先生，您負責的這起命案並不是世間常見的殺人案，而是發生在原櫻這位偉大的女主角、舉世聞名的藝術家身上的命案。要是您不試著去理解這起命案背後的意義、充分理解藝術家的性情，是不行的。對於原老師而言，日常生活中的一切都是藝術。講白一點，老師日常生活中的一切就是一齣又一齣的戲。從動筷子用餐、頸項微側的小動作，乃至於早上一句平凡無奇的問候，老師都不會忘記她是在演戲。這大概是基於她對於自己是偉大的女主角這層認知而來的吧。另外一個原因是來自於藝術家常見的虛榮心，老師她總想要成為眾人矚目的焦點……，她想要被世上及身邊的人捧在手掌心。就是這種想要被人呵護備至的孩子氣，促使她做出這樣的事。然而，當老師的戲演到一半的時候，卻殺出了小野這麼一號人物。小野先生這個大少爺，不但純真、純情、誠實，又不懂得懷疑人。最重要的一點是，他迷上了老師，把老師當作神明一般地崇拜。於是在老師的心中突然萌生了一個惡作劇的念頭，她想要玩弄小野先生……。這麼說好像有點語病，該說她想要跟小野先生玩捉迷藏，反正就當做是玩個遊戲。結果，老師就跟小野演了一齣描述母性的悲劇。」

「妳的意思是，該怎麼說呢，難道跟清風莊有關的事情全部都是原櫻女士自導自演，而她對小野所說的也全是謊話？」

「是的，沒錯。不過，我想老師是身在戲中不知戲。老師她就是那樣的一個人。她的想像力非常豐富，想著想著，一個不小心就將現實與想像的空間混在一塊兒了。她甚至還會將想像中的產物信以為真。哈代（註）的著作當中，有一篇名叫〈一名富有想像力的女士〉的短篇小說，如果將故事中的主角個性極度放大，就等於是老師了。」

警部不悅地發出低吟聲，狐疑地看著女扮男裝的相良。

「這麼說來，在清風莊跟原櫻女士幽會的男人，其實是原櫻女士自己假扮的。換句話說，是原櫻女士女扮男裝，一人分飾兩角演出了這場戲？」

「嗯，是的。我認為老師對自己男裝樣貌的自信，也是讓她想出這個惡作劇的動機之一。」

警部沈默了好一陣子，然後遲疑地說著。

「聽妳這麼一說，應該是這麼回事吧？原櫻女士看準小野天真無邪的個性，企圖將他玩弄於股掌之間。碰巧在這個時候發生了藤本命案，而且藤本從小和親生母親分開，一直思念著記憶中的母親……。原櫻女士知道這一點，於是加以利用，讓小野以為自己就是藤本的親生母親……。然後原櫻女士再演一齣戲給小野看，假裝自己被人用這個祕密要脅，好將他耍得團團轉……。妳的意思應該是這樣沒錯吧？」

「是的，沒錯，就是那樣。」

註——湯馬斯・哈代（Thomas Hardy，1840～1928），19世紀末期的英國寫實主義作家，代表作為《黛絲姑娘》（Tess Of The D'Urbervilles）。由於受到維多利亞時代傳統道德觀念捍衛者的攻擊，晚年轉而寫詩，詩作中透露出濃厚的悲觀主義與反戰觀念。

「可是……」

突然間，警部憤然起身，踩著零亂的步伐在房間裡亂轉。

「誰會相信那種鬼話？就算是藝術家的一時興起，這種窮極無聊又愚蠢幼稚，還要費心設計的惡作劇，要是一個弄不好，將會造成莫大的騷動。叫人怎麼能夠相信原櫻女士會做出這種蠢事？」

「所以我剛才不是說過了嗎？要是您不試著去理解原櫻這位孩子氣的偉大藝術家，是不可能理解這起命案背後的意義……」

「可是我們與其將這件事情想得那麼複雜，用常理來解釋似乎會比較合情理。」

「怎麼用常理解釋……？」

「總而言之，原櫻女士對小野說的都是事實。藤本是原櫻女士的私生子，而有人知道這個事實，並以此威脅她。說到這個威脅原櫻女士的人，他有可能是個男人，但也有可能像妳剛才說的，是女扮男裝……」

靠在椅子上的相良突然坐直身體，以挑釁的眼神對上警部銳利的視線，繼而在唇邊浮現一抹輕蔑的微笑。

「警察果然就只有這種程度。看來，你們就只有那種平庸的解釋方式。不過我要給你們一個忠告，你們若不放棄這種什麼事都要用常理來判斷的固執思考方式，這起命案就不會有水落石出的一天。」

語畢，相良倒回椅子上，語氣中夾帶的強烈諷刺意味使得警部面紅耳赤。兩人之間的氣氛霎時緊張了起來。這時由利大師出面緩和氣氛，繼續問道：

「不過，相良小姐，為什麼妳會知道原櫻女士在演這齣玩弄劇？」

相良轉過頭去，對著由利大師說：

「事情是這樣的。大概在一個月前，有一位住在清風莊的年輕太太打電話給我……，你們應該知道我跟原老師住在一起吧？那時老師不在家，當我接起電話時，那位太太竟然問我：『原清子是不是原櫻女士的本名？』我聽了覺得很奇怪，於是問了那位太太——她姓川口，我問了她許多問題之後，才知道老師用本名在清風莊租了一間房間。我對這件事情放心不下，於是私底下跑去清風莊一探究竟。沒想到我在那間房間裡發現梳妝台上放著藤本先生的照片，而且相框裡還有一張嬰兒的照片。看到這兩張照片的時候，我嚇了一大跳。這件事大概發生在半年前，那陣子老師經常說她很想要有小孩。有一次，她在古典樂雜誌上看到那張嬰兒的照片，便露出一副愛不釋手的樣子。我看到她將那張照片擺在清風莊，又想到關於藤本先生身世的謠言，將這些事情串聯之下，我隨即瞭解到老師正想像著何種故事。在那之後，我不時會注意清風莊的動向，於是我察覺到老師正以小野先生為對象，演出想像中的一齣戲。也就是說，老師為了戲弄小野先生，而玩起了這個危險的遊戲。」

「你明知如此，卻不曾想過將這件事情告訴小野？」

警部嚴詞追問著。相良微微挑眉，故意從警部臉上移開視線。

「這叫我怎麼說得出口？老師她就像個孩子般，沈迷在這個遊戲當中，讓老師的夢想破滅，就等於是讓老師傷心。所以我完全不打算給小野先生忠告。但我又很擔心老師會陷入太深而讓事情變得不可收拾，因此我打算找個時機，直接勸老師停手。所以我才會偷走那張最有可能造成誤會的照片，把它藏起來。」

由利大師似乎忙著在腦中整理事情的始末，過了好一會兒，他才將身子向前傾地說。

「相良小姐，根據妳剛才所說，原櫻女士是在半年前開始說她想要孩子的。之前她都沒提過這件事嗎？」

「是的。在那之前她完全沒有提過關於孩子的事。」

「所以，她是突然說她想要孩子的囉？為什麼她會突然想要當母親？是否有什麼事引發她母性的渴望呢？」

「這個嘛，我不太清楚。應該就是年紀的關係吧？」

「妳想一想，她大概是從什麼時候開始表現出這種想法的？」

相良歪頭想了一下，接著說道。

「我記得是四月左右的事。沒錯沒錯，就是四月，當時雨宮先生剛入團來當土屋先生的助理。」

由利大師的嘴角突然露出一抹微笑，看起來大師好像有什麼話要說，但卻欲言又止。那個微笑掛在大師的嘴邊良久，然後他站起身來說道。

「謝謝妳告訴我們這些。相良小姐，我還有一件事情要請教妳，事關重大，請妳仔細想清楚之後再回答。除了妳之外還有誰知道原櫻女士在清風莊租房間，與小野玩這種遊戲？」

「這個嘛……我不太清楚。」

「不過，有沒有可能還有人知道這件事呢？」

「我想這是有可能的。即然我都知道了，別人也很有可能知道。我先前也說過很多次，老師這個人就像一個長不大的小孩，雖然她自認平時做事精明幹練，不會露出破綻，看在旁人的眼中卻可能漏洞百出……」

由利大師突然從椅子上站起來，溫柔地將手搭在相良的肩上，摟了她一下。

「真是太謝謝妳了。請妳先回房裡休息，等會兒可能還會有事找妳，在那之前妳就好好休息吧。」

「大師！」

相良走到門口時，突然以熱切的眼神回頭望著大師。

「請大師，請大師務必相信我說的話。」

「我當然相信，而且一切都吻合了。妳可不可以順便到三樓請原聰一郎先生過來？」

一位刑警和相良錯身而過，帶著一封電報走了進來。收件人是由利大師。大師看完那封電報之後，馬上拿給我們大家看。電報的內容如下：

十九日的客機上並沒有名叫原櫻的乘客

等等力

電報來自警視廳的等等力警部。

「原來如此，這麼一來命案現場總算鎖定在東京了。」

淺原警部說道。

「這下總算能確定了，原櫻女士在十九日晚上是無論如何也來不了大阪的。兇手先在清風莊的房間裡殺害原櫻女士，將她塞進行李箱。把行李箱寄到大阪之後，再到曙公寓將她換裝到低音大提琴箱，送到中之島公會堂。兇手之所以要這麼大費周章，應該是想要模糊警方辦案的焦點，讓人以為這起命案是在大阪發生的吧。說到十九日晚上待在東京的人嘛……」

這個時候傳來一陣敲門聲，打斷了警部的獨角戲。走進來的是原聰一郎先生。

我從沒見過一個人可以像這樣在一夕之間變得判若兩人。昨天的聰一郎先生神采奕奕，就連發生了那麼可怕的事，使他頓失愛妻，他依舊表現得從容不迫。然而今晚的聰一郎先生卻變得萎靡不振，昨天還宛若童顏的肌膚，如今光澤盡失。不知道是不是我的心理因素影響，我總覺得他臉上的皺紋突然變多了。我不禁在心中對此打了一個大問號，他究竟發生了什麼事，為什麼會產生如此劇烈的變化？或許是喪妻之痛逐漸浮上心頭，但這樣的變化也未免太過突然，而且明顯了。難道除了原櫻女士這件惡耗之外，他又受到了什麼打擊嗎？說到原櫻女士遇害之後發生的大事，也就只有昨天晚上的雨宮命案了。但不過是死了個經紀人助理，像他這種地位崇高的人沒必要為此傷心吧？這真是令我想不通。

「真是不好意思，還麻煩您跑一趟。我有幾件事情想要請教您。」

聰一郎先生坐在剛才相良坐過的椅子上，目光無神地掃過我們幾人。那像是一種精神失常的眼神。

「事情是這樣的。有一個關於尊夫人的問題，實在是令人匪夷所思。這件事您大概也是第一次聽到，我就直接把我聽來的告訴您……」

由利大利慎選詞彙，簡短扼要地將我們在清風莊裡的斬獲，以及小野的告白，向聰一郎先生娓娓道來。在由利大師講話的同時，我和淺原警部目不轉睛地盯著聰一郎先生的臉瞧。他的臉部表情產生了微妙的變化。起先他是目瞪口呆、瞠目結舌地看著由利大師，一副苦思不解大師究竟在講什麼的表情。然而，聽著聽著，他的臉色逐漸恢復生氣，原本迷茫的眼神轉為疑惑。他的眼神閃爍，吃驚中同時帶著憤慨的色彩。特別是當他聽到小野的告白時，無法抑止的憤怒使得他頸上青筋暴露。

「你騙人！」

聰一郎先生不等由利大師說完便發出怒吼，一副就要從椅子上跳起來的樣子。

「騙人……？您說我在騙人？」

「你騙人！你這個大騙子！」

聰一郎先生大聲喘氣著說：

「這……，這究竟是小野故意撒謊，還是他做了一個不切實際的夢……？怎，怎麼可能會有那麼荒謬的事……」

「原先生，你否定的是尊夫人瞞著您在清風莊租了一間房間，還是尊夫人有一個私生子名叫藤本章二？」

這話讓聰一郎先生嚇了一跳，看著由利大師。過了好一陣子，他才垂頭喪氣地說道。

「既然你們發現了內人暗自在清風莊租了房間，我也無從否定這個事實了。但是不管她在外租屋是為了什麼理由，那個叫藤本的男人絕對……，絕對不可能會是她的私生子！」

聰一郎先生的話中透露出一種異常確定的自信，讓我不禁又看了他一眼。由利大師深感興趣的看著他，向前跨出一步地說。

「為什麼您可以將話說得那麼滿？難道您認識那個叫藤本的男人嗎？」

「不，我不認識他。不過，不管是藤本或任何人，都絕對不可能是內人的小孩。如果你們覺得我在說謊，可以去問問慶應醫院的O博士。除了我、內人，與O博士之外，這個祕密絕對沒有其他人知道。那是因為……原櫻她……」

聰一郎先生似乎有點難以啟齒，但他很快便下定決心，含著些許怒氣地說：

「她是一個不可能生孕的女人。因為她的身體天生就無法與人發生性關係！」

間奏曲

三津木俊助曰：「當閱讀艾勒里・昆恩的偵探小說時，在小說接近尾聲的時候，一定會出現給讀者的挑戰。我頗擔心自己是不是能夠像昆恩的諸多作品一樣，寫出應有的線索，讓讀者跟書中的主角公平競賽。不過，從故事開頭到目前第十七章為止，關於兇手計畫殺害原櫻的線索大體上都已齊備。如何？各位要不要在這裡闔上書本，閉上眼睛仔細思索，試著指出犯人是誰呢？」

18 CHAPTER

第十八章

丈夫的告白

如此突如其來的衝擊，彷若電流般貫穿我的脊樑，讓我感到不寒而慄。淺原警部發出一陣低吟聲，在椅子上重整坐姿。就連一向看透全盤的由利大師，似乎也沒料到會有這麼一著，不禁吹了一聲口哨。

人在吐露出心中最重要的事情之後，都會呈現出極度放鬆的狀態，原聰一郎先生也不例外。他的目光道出他的心神頓失所依。過了好一陣子，他才嘆口氣說道。

「抖出這件事情，對她而言是一件悲慘的事。我想，恐怕沒有什麼事比講出這件事情更能傷她自尊心的了。即便對我而言，這也是一件難以忍受的事。不過我認為與其傷害她的人格，倒不如說出實情來的好。由利，不，三津木是新聞記者，想必已經聽過形形色色的謠言。像是原櫻她異於常人的美艷、超出常軌的緋聞、錯綜複雜的曖昧情事……，這社會上的人都深信那是事實，然後將它解釋成藝術家的風流韻事。然而那卻不是事實的全部。原櫻根本沒有跟男人亂來過，她從來沒有跟其他的男人發生過什麼曖昧的關係，因為她做不到！那麼，為何她的感情生活會被傳得謠言滿天飛呢？那是因為她故意做出讓外人誤解的假動作。為何她要那麼做呢？這其中存在著她不為人道的祕密。由利、警部先生，還有三津木，你們給我聽好了，有的女人在過了更年期之後反而把自己打扮得更加年輕美麗，跟年輕男人傳出曖昧的緋聞而樂在其中。可是只要是聰明人，應該都能一眼看穿那種女人的悲哀之處，身為一個已無法進行性行為的女人的空虛、焦躁。而她……，原櫻她這一輩子就像個過了更年期的婦女。她知道自己天生的缺陷，因而極度引以為恥，試圖隱藏這個秘密，所以她的行為舉止才會格外放蕩不羈。為了將自己在生理上不是女人的祕密隱瞞下去，她以人為的方式營造出原本沒有的魅力，強調自己是個『女人』，以這種方式在世間廣為宣傳，好讓人以為她是自然天成的女人。當然，身為藝術家的性格、與生俱來的豐富想像力也幫了她不少忙。但是最原始的原因還是她認知到自己不是女人，以及極度害怕這件事情被世人知道的自尊心作祟，因此使她做出這些掩人耳目的動作。看在知情者的眼中，她的所作所為真的是……，真的是令人不忍卒睹。」

聰一郎先生越講越小聲，到最後聲若遊絲。聽到這裡，讓我們不禁同時嘆了一口氣。

聽到這裡，我突然想到一件事。原櫻的戀愛遊戲以超乎尋常的頻繁與經常更換戀愛對象而聞名。但是就我所聽到的內容，她似乎從來沒有踰越最後一道防線。在此之前我對這種說法一向抱持著半信半疑的態度，但我現在總算明白了。假使原櫻是正常的女人，或許她就不會如此堅守最後那道防線。不，假使她是正常的女人的話，說不定根本就不會引發這些問題了。然而，正因為她生理上有此缺陷，才會更加堅貞，嚴守最後一道防線。因為若是踰越了這道防線，勢必會被她的假情人們發現自己的祕密。我現在一想到原櫻悲淒的心路歷程，不禁暗然神傷。

「原來如此，這下我總算瞭解了。」

就連警部的聲音中都充滿了同情的意味。

「原來尊夫人因此是個不可能生孩子的女人。當這樣的婦女過了中年之後，往往會更強烈地認為自己必須肩負起做母親的責任，尊夫人也不例外。然而她的體質根本不可能受孕，想要有個孩子的渴望因此更加強烈。就在這個時候，碰巧發生了藤本章二命案。藤本章二不知道自己的親生母親是誰，所以尊夫人就將自己視為藤本的親生母親，從中獲得自我滿足。」

「你說的沒錯，不，應該說這只是我的想法。她是一個想像力豐富，很會幻想的女人，所以到最後，說不定她自己也陷入了錯覺當中，真以為自己就是藤本的親生母親。」

「嗯，其實相良也是這麼認為的。不過，我還有一件事情哽在心頭。」

由利大師緩緩地說道。

「根據相良的說詞，尊夫人是在今年四月左右突然產生想當母親的衝動念頭。相良單純認為這只是年齡的關係。這不無可能，可是我認為應該還有其他的動機。沉睡至今的母性慾望會那麼突然，而且熾烈地燃起，其中一定有個強烈的原因。原先生，您心裡有沒有個底呢？在四月的時候，原櫻女士的身邊有沒有發生什麼刺激她產生母性慾望的事情？」

聰一郎先生突然以受驚嚇的眼神看著由利大師。沒多久他便移開視線，只是微微地搖搖頭，並未多做回答。由利大師突然將身子往前傾地說道。

「原先生，聽說四月的時候，雨宮剛入團擔任經紀人助理，是嗎？據說雨宮跟您是遠房親戚，是您親自推薦他進來的，是嗎？原先生，雨宮算是您的誰呢？該不會……，雨宮該不會是您的親生兒子……，您的私生子吧？」

充滿衝擊性的震驚感再度向我襲來。啊啊，原來如此。難怪大師會三番兩次提到雨宮，原來是這麼回事。我感到心臟撲通撲通地狂跳，彷彿就要衝破衣衫跳出來似的。就連淺原警部也是一臉茫然地看著聰一郎先生的一舉一動。聰一郎先生用力地抓著椅子的把手，一副要從椅子上跳起來的模樣。他吐出來的狂亂氣息，就像是一陣狂風暴雨，襲捲著四周緊張凝重的空氣。

下一瞬間，聰一郎先生忽然放鬆全身，混若無骨地軟癱在椅子上。

「由利，你已經知道了？」

聰一郎先生拿出手帕，靜靜地抹去額頭和脖子上的汗。

「已經知道？不，這種說法有一點語病。我並沒有找到物證，一切只不過是我的推論。雨宮和你的體格、相貌，乍看之下並不像，但我卻從你們兩人之間發現到一個非常相似的共通之處。如果將眼睛、鼻子、嘴巴等全部擺在一起，你們兩人臉部整體給人的印象並不相似。但是若將五官分開，一項項仔細比較，就會發現你們其實長得很像。不但如此，就連你們舉手投足的小動作、聲音，也都非常相似。再加上，當雨宮做錯事出紕漏的時候，你所表現出來的態度，那種難以忍受的錐心之痛、屈辱、羞恥……。我從這些部分推論出你們兩個可能是父子。」

由利大師講到這裡，回頭看了我和警部一眼。

「剛才在相良指出那張看似藤本的嬰兒照片中所隱藏的『謊言』之前，我說過我早已經看穿了藤本不是原櫻的私生子。那並不是信口胡謅的。我在那之前就猜到，雨宮可能是你的親生兒子，你的私生子了。畢竟丈夫有私生子，妻子也有私生子……，這未免太過巧合。所以我才會認為，關於原櫻女士的部分恐怕不是事實。這件事情在我聽小野自白的時候，更加堅定了我的想法。原櫻女士提出要用樂譜寫成暗號的方式通信，以及在清風莊租房間，這些舉動都出現在藤本命案發生後不久，正是報紙大肆報導的時期。要是原櫻女士真的跟藤本命案有關，她應該要盡可能避免做出像是利用樂譜做暗號之類的舉動才是。而且原櫻女士應該很清楚清風莊是小野散步必經的地點，要是原櫻女士對小野說的是事實，她應該要避開愛宕那一帶。然而她卻反其道而行，故意選擇清風莊。由此可見，她是刻意設計讓小野撞見，也就是說她是在做戲。不過我還真是沒料到原櫻女士竟然一人分飾兩角。我本來以為那個年輕男子大概是相良吧？大概是原櫻女士命令相良跟她一同演出對手戲。但是……」

由利大師看了聰一郎先生一眼。

「原櫻女士在今年四月之前，都還不認識雨宮嗎？」

聽一郎先生無力地點點頭。

「所以，那件事對原櫻女士造成了非常大的打擊囉？」

聽一郎先生再度無力地點點頭，憂傷地說：

「我作夢也沒想到這件事居然會對她造成那麼大的打擊。她的身體是那樣的狀況，所以一向對我的外遇睜一隻眼閉一隻眼。無論我在外頭與多少女人來往，她也絕不會生氣，或說一句埋怨的話。不，甚至可說是正好相反。每當我有了新的女人，她反而會主動向對方示好。她把我當做是個大小孩，而她反倒樂於扮演我的母親或姐姐般的角色。或許替我收拾善後，對她而言是一種慰藉吧。我現在回想起來，要是我早點把雨宮的事情告訴她就好了，可是當時我卻說什麼也沒有勇氣向她坦白。雨宮是我在學生時代跟一個女傭生的孩子，那時年輕不懂事，又羞於啟齒，再加上雨宮他母親後來嫁到一戶挺不錯的人家，我想，為了她，或許不說出來對彼此都好。可是前一陣子，雨宮的養父去世，而那個孩子又那麼不成器，不論到哪裡工作都是失敗連連，做沒多久便遭人辭退。於是雨宮的母親哭著求清子……，也就是原櫻幫忙，請她雇用雨宮擔任經紀人助理。」

「當時你說明真相了嗎？」

「不，我沒有勇氣。再說，我認為事到如今更沒有必要將隱瞞那麼久的事情說出來。」

「可是尊夫人還是發現了，是嗎？」

「是的。由利，就像你察覺到的那樣。她也是靠著女人的直覺，因此發現了我跟雨宮之間的相似之處。在她的逼問之下，我也只好坦白一切。按照我的外遇前例來看，我以為她應該不會放在心上，但我作夢也沒想到，這件事情竟然會那麼傷她的心。清子……，原櫻像先前一樣，她沒有生氣，也毫無怨恨。然而，卻發生了更糟的事情。她哭著嘆氣，整個人變得失魂落魄。她並不是氣惱我長期以來的欺瞞，而是我在外頭有小孩這件事情再度讓她無法掙脫自身缺陷的桎梏，使她感到自己很悲哀。當時她就像是一朵枯萎的花，變得萎靡不振。我想這件事情應該對她想要為人母卻不能如願的母性慾望，造成了強烈的刺激。」

「雨宮知道你是他的父親嗎？」

「我想他大概已經知道了。不過他歷經世間冷暖，對我的態度總是一絲不苟，並不親暱，我對他這樣的態度感到憐惜。當他遇害之後，我才突然想到在這一次的命案當中，清子之所以被那麼殘酷的手法對待，難道動機也是出在他……，雨宮的身上。要是真是如此的話，我真是對不起清子。昨天晚上，我一直在想這件事情，整晚無法入睡。由利，我是愛清子的，她是我在這個世上最愛的一個人。我想，她應該也是這般愛我吧。」

聰一郎先生的眼神又再度變得暗淡。由利大師稍稍放大了音量，語帶激勵之意。

「原先生，我還有一件事想請教。你原本不是預定在十九號早上，跟尊夫人一同從東京出發嗎？你之所以將出發的時候延至當天晚上，為的是什麼？」

「噢，那件事啊……。關於那件事，我也覺得很不可思議。直到十九號早上之前，我仍打算與清子一同出發。然而就在出發前一個小時左右，我接到一通商工業公會的N打來的電話，說是有急事要找我商量，與我約當天晚上六點在築地的猿料亭見面。我跟清子提起這件事，她說有相良陪著她，不會有事的，要我事情辦完之後再搭當天晚上的火車前往大阪。當我晚上抵達位於築地的猿料亭時，N也來了。讓我驚訝的是，見面之後他卻笑著說他找我並沒有特別重要的事，其實是內人昨天打了個電話給他，說是有點事情不方便與我同行，所以希望他能夠找個理由把我留在東京，直到晚上。聽到他那麼說，我是有點吃驚，但是清子生性愛惡作劇，所以我並未特別將這件事情放在心上。我想，她一定又是想要讓我們大吃一驚……。所以當我抵達大阪，知道她失蹤一事時，我一點也不意外。」

警部像是突然想到什麼似地，插嘴說道。

「對了，你是什麼時候離開築地的猿料亭呢？」

「我想應該是八點左右。」

「之後你就直接前往東京車站了嗎？」

「不，當時時間尚早，我在銀座散步。就只是隨意四處走走……」

「在你散步的途中是否曾遇到認識的人？」

「不，一個也沒……，噢，你是在調查我的不在場證明吧？如果是的話，很遺憾，我無法舉出完美的不在場證明。」

聽一郎先生的臉上露出了疲憊的笑容。

「二十日早上，你一直待在飯店的房間裡，一步也沒出門嗎？」

「是的。因為我在夜行火車上睡不著，所以待在房間裡補眠。不過，這沒有什麼好懷疑的吧？就算我想要假裝人在房間裡，試圖溜出飯店是不可能的事。」

警部困惑地皺起眉頭。

「謝謝你的回答。那麼，我們的問題就到此為止。等一下可能還要請你出面證實幾件事情，到時候就麻煩你了。」

聽一郎先生對由利大師點頭致意，吃力地從椅子上站起來，步履踉蹌地走了出去。

「這到底是怎麼一回事？」

等到聽一郎先生走遠了，警部的嘴裡立刻吐出這句話。

「你指的是藤本章二命案和這起殺人案之間有什麼關係嗎？」我接著警部的話問道。

「看來似乎先將它們視為沒有關係會比較好。」

「總歸一句話，這是藝術家的浪漫情懷所產生出來的幻想……嗎？這我們可做不到。除了原櫻女士之外，不論是相良或是小野也都是如此，這些劇團成員都有點不食人間煙火。」

「就是啊。這正是釀成悲劇的原因。話說回來……我們該去看看命案現場了吧？噢，等等，丟在那裡的可是雨宮先前穿的外套？」

扭曲的長號旁有一件外套，由利大師將它拿起。

「雨宮先前穿的……？不，雨宮並沒有穿這件外套，這是有人丟在他屍身上的。」

「丟在他屍身上？」

由利大師突然皺起眉頭，似乎是這件外套引起了他的興趣。他仔細查看著外套。

「是的，沒有錯。這是低音大提琴手川田的外套，兇手是將雨宮的屍體從四樓推下來之後，才丟下這件外套的。所以這件外套才會剛好蓋在雨宮的臉上。」

「可是，為什麼呢？有必要丟下外套嗎？這件外套有什麼……？」

由利大師的眼神突然亮了一下。他發現外套的背部到腋下的地方，留下一條被繩索緊緊捆綁過後的痕跡。

「淺原，這皺折是……」

「不知道，發現的時候就這樣了。川田也不知道那是怎麼回事，還狠狠的咒罵了一頓，說是哪個傢伙竟然這麼亂來。」

「哈哈哈哈哈，那也難怪。無論是低音大提琴箱也好，外套也好，他被兇手莫名其妙地利用了一番。那麼，我們去看看命案現場吧。」

我們走上四樓，來到雨宮遇害的那間房間。

那間房間位在最角落，一座狹窄的小樓梯緊挨著房間。當我們打開門鎖的時候，對面距離兩、三個房間的房門突然打開，人高馬大的志賀笛人從房間裡探出頭來，盯著我們瞧，不一會兒又將門關上，躲進房裡去了。

那間房間裡的模樣，土屋的手記裡已經提過，我就不再贅述。由利大師仔細調查著破碎的玻璃窗，打開窗戶探出頭去，上下各看了幾眼，隨即將頭縮回來，關上了窗。他聽著警部的說明，似乎在腦海中描繪當時的情景，但過沒多久，他便興味索然地左右搖頭。

「對了，樓上的房間是用來當作歌劇團的置物室嗎？」

「沒錯，沒錯。相良是從那間房裡找到那套男裝的吧？」

「那麼，我們去看看那間房間吧。」

警部一臉摸不著頭緒的樣子。由利大師話一說完，立刻走出房間，往那座狹窄的樓梯爬了兩、三階，然後像是想到什麼似地又折了回來。

「不，我們還是先解決這裡吧。」

大師穿過走廊，走到志賀笛人的房間前面，敲了敲房門。

19 CHAPTER

第十九章

男中音的嘆息

「志賀先生，我有事情想要請教你，我開門進來囉。」

一打開門，我們看到志賀雙手插在口袋裡，站在窗邊。他那皮膚黝黑、輪廓深邃的臉上，依然帶著一股濃得化不開的哀愁。從他的哀愁底層，彷彿可以窺見一絲憂慮。

「什麼事呢？如果我答得出來的話……」

志賀看起來不打算坐下，也沒有要請我們坐下的意思。由利大師和志賀之間的一問一答勢必將站著進行。

「我想要請教你的也不是什麼事，就是昨天當你看到晚報的時候，似乎大吃一驚的樣子。你是看到什麼呢？難道你對那個行李箱有印象？」

「晚報……？行李箱……？」

志賀莫名其妙地皺起眉頭，臉色明顯地暗了下來。

「噢，那個啊，那時在樓下的大廳看到的……？不，我當時吃驚的並不是行李箱的報導。我吃驚的是……」

志賀從化妝箱上拿起昨天的晚報。

「這篇報導。這篇上海特電提到，佐伯淳吉在船上服毒自殺。」

由利大師突然挑動了一下眉毛。

「噢，這麼說來，你認識佐伯先生囉？」

「我認識。佐伯和我、土屋，以及牧野先生從前是同穿一條褲子的好朋友。我做了一件對不起他的事，所以佐伯自殺這件事對我是一大打擊。」

「對不起他的事？」

「二十號下午一點，佐伯將從神戶搭船出國。我跟他約好了在堤防附近碰面，一塊兒吃個飯，為他餞別。然而我卻因為一件莫名其妙的事情失約了。他一定在等我，直到船隻出港前的最後一刻。但最後，我還是沒有出現，我想當時他一定很寂寞。一個傷心的男人，沒有人為他送行，孤寂地離開故國。我一想到……，我一想到這個朋友在那之後不久便自我了斷，我就很氣自己，為什麼沒有去送他？不管發生什麼事我都該去送他啊！每當我想到這裡，就難過的肝腸寸斷。」

志賀深深地嘆了一口氣。

「原來如此。所以你看了那則報導，才會那麼吃驚。但你剛才提到，你因為一件莫名其妙的事情失約了。莫名其妙的事情到底是指？」

志賀突然挑動眉毛，眼神銳利地看了由利大師一眼，聳了聳肩膀說道。

「既然事情演變到這般局面，我就全說了吧。那天早上，也就是二十號早上，我接到一封來自原櫻……，不，原櫻女士的電報。那是九點多時從梅田發來的。之後回想起來，那時原櫻女士早已不在這個世上了，但在那時候我當然不知道這回事。那封電報中提到：『有急事想與你商量，速至箕面的瀑布前。』」

「所以你就去了嗎？」

「是的。對我來說，原櫻……，原櫻女士的要求就跟聖旨沒兩樣。」

志賀說話時雙頰迅速泛紅，但是他大方的抬起頭繼續說。

「佐伯的死之所以會如此撼動我的心，就是因為發生了這件事。我們兩個人的心境其實很相似，佐伯和我都愛上了不該愛的女人。只要是原櫻女士的要求，就算是捨棄友情我也義無反顧。我以為佐伯應該能夠諒解我為什麼會這麼做，可是……」

「原來如此，於是你前往箕面，但原櫻女士到最後都沒有出現，所以你才折回大阪？你身上還留著當時的那封電報嗎？」

「沒有。我搭電車回來的路上，一想到自己被騙就氣得火冒三丈，把它撕碎丟了。」

警部插嘴說道。

「你是在十八日晚上從東京出發，十九日早上抵達這裡的，是嗎？請說明一下你十九日的行動內容？」

「十九號的……？嗯，好。首先，我跟土屋一同西下，土屋在大阪下車，而我直接前往神戶的三之宮。我在神戶要辦的事情雖然很緊急，卻非常簡單，一會兒就辦好了。然後我在早上九點離開飯店，到神戶的後山健行。我穿越六甲，從寶塚下山。當我抵達寶塚的時候已經是傍晚了。泡過溫泉、用過晚餐後，我便前往大阪到處逛逛，直到晚上十點左右才回到三之宮的飯店休息。」

「這麼說來，十九日晚上，飯店的人可以證明你在三之宮的飯店裡嗎？」

「證明……」

志賀突然不安地歪著頭，吃驚地看著警部的臉。

「這個嘛……，飯店的人……，當我回到飯店的時候，飯店的人已經在櫃台後面打盹了。我身上帶著房間的鑰匙，心想也沒有必要吵醒他，所以就直接回房睡覺了。不過，二十號的早上，當服務生拿電報來給我的時候，我確實是在房裡。」

「當你十九日早上離開飯店，在神戶後山健行的時候，有沒有遇到什麼朋友？不，不是朋友也行，有沒有誰能夠證明你去健行？」

面對警部這麼直接的問法，志賀腦筋一片混亂地眨眨眼。

「沒有。畢竟我在神戶是外地人，何況又是在山裡……。可是，可是為什麼會有這個必要呢？」

「沒什麼，我現在只是在思考這個可能性。如果十九日早上你在神戶辦完事情之後，馬上趕回東京，在東京犯案後將一切妥當收拾，再馬上搭夜班火車西來，然後二十日的早上在大阪下車，從梅田用原櫻女士的名字打一封電報給自己。接著再偷偷回到三之宮的飯店，溜進自己的房間，等待服務生拿電報來……。我在想，這有沒有可能辦到。」
突然間，志賀臉上的青筋暴露。他用一種兇狠的視線，盯著警部的臉瞧了好一陣子，然後從喉嚨深處發出一種瘋子般的笑聲。
「是啊。如果從可能性的角度來看，這並不是辦不到。至少，沒有一個人能夠證明我並沒那麼做。」
志賀重重地在床邊坐下，他兩手抱頭，悶不吭聲。
我目不轉睛地看著志賀偌大的背影好一陣子。警部剛才說的話讓我恍然大悟，原來可能性這種東西無所不在，而不在場證明竟然是如此難到手。我不禁感到一股寒意，這可不是事不關己的事，難保自己哪一天不會被捲入殺人案中。
由利大師輕輕地拍拍志賀的肩膀。
「好了好了，沒什麼好垂頭喪氣的。畢竟，淺原對他自己剛才說的那番話也不是很有自信。不過，志賀先生，有一件事情我覺得很不可思議。為什麼你在十九號還有興致跑去健行呢？那段時間難道你不能用來見佐伯先生嗎？」
「為什麼可以？佐伯二十號早上才從東京出發，十九號的時候，他還不在神戶……」
由利大師突然瞪大了雙眼。
「他二十號才抵達神戶？這麼說來，他該不會是跟歌劇團的一行人搭同一班火車吧？」

「或許是吧。不然就是搭下一班。」

「志賀先生，佐伯先生和牧野先生是舊識吧？如果他們搭了同一班火車，佐伯先生應該會跟牧野先生聊天吧？」

「這個我就不太清楚了。但是我倒不那麼認為。雖然是舊識，牧野先生跟佐伯最近形同陌路。再說，佐伯似乎盡可能地不跟人來往……。他就是想要避開所有的朋友，才會離開日本的。」

「我知道了，謝謝你的回答。志賀先生，等會兒說不定還要請你過來一趟，目前就到此為止，謝謝你的協助。」

接著我們爬上五樓。

20 CHAPTER

第二十章

菸斗耍乾坤

「偵探將大家聚在一起，說：『那麼……』」

一名跟我一樣在寫偵探小說的男性朋友Ｓ．Ｙ，最近寫了這麼一句話給我。他寫的一點兒也沒錯。每次看英美偵探小說的時候，最後名偵探總會讓相關人士齊聚一堂，然後對他們說：「那麼，各位……」

相較於這些傑作，我自認自己的作品毫不遜色，既然這本小說寫都寫了，我一定也要在這邊讓由利大師將登場人物集合在一間房間裡，將案情抽絲剝繭，按照各項線索推論出犯人是誰。不過實際上，由利大師也的確是做了類似的動作。

事情是發生在那天晚上十一點左右。歌劇團的一行人全部聚集在那間已成為調查總部的經理辦公室。沈重的氣氛讓每個人都察覺到，這起命案終於接近尾聲了。大家互相窺探彼此的臉色，發出一陣陣此起彼落的乾咳聲。他們因緊張而顯得毫無血色的臉龐，看起來就像是即將接受心理測驗的可憐小學生。

一行人圍成半圓形，坐在椅子上。由利大師、淺原警部與我搬來一張桌子擺在圓心的地方，然後我們三人也圍著桌子嚴陣以待。桌上擺了一具電話，由利大師打從進房間之後，就一直注意著那支電話，我很清楚他是在等待通知。由利大師將一行人叫進這裡之前，不知道在大廳裡拜託島津什麼事情。我是不清楚由利大師究竟拜託他什麼，不過從島津當時的驚訝及亢奮的樣子看來，想必是相當重大的事情。

「媽的！」

當時島津咒罵了一聲，然後好像發現自己失言了，慌張環顧四周的同時，繼續說道。

「我，我，我知道哩。我會馬上打電話告訴您結果。」

島津一陣風似地衝出飯店。現在大師大概是在等他回報吧。

不過大師究竟在五樓的房間裡發現了什麼呢？在那間房間裡堆著五、六個大型的行李箱。除此之外，還有放置小型道具以及隨身物品的箱子，原本用來封箱的繩索散落一地。大師對於這些東西似乎並不感興趣，一進房間便馬上打開窗戶，勘察上方的廂房及下面的狹窄小路。廂房的前方橫亙著一隻粗鐵棒，大師一見那隻鐵棒便露出瞭然於心的笑容。接著，他立刻關上窗戶，頭也不回地走出房間。

那隻鐵棒意謂著什麼呢？島津又是跑到哪裡去調查什麼了呢？我在腦子裡紛亂地想著這些事情，絲毫沒有注意到牧野先生竟然還未到。因此，當牧野先生晚我們一步，一臉氣憤地走進來時，我真的挺驚訝的。

「警部先生。」

牧野先生的臉本來就長得嚴肅，現在他緊繃著臉，表情益發顯得嚴峻。他雙眼圓睜直瞪著警部的臉。

「你要調查幾次我的行李才甘心呢？」

「幾次……？你的行李……？」

「沒錯。昨天晚上，在雨宮命案發生之後，你調查過我的行李，對吧？當時我也站在一旁，所以這就算了。可是你私底下又再次……。我很清楚你懷疑我，不過三番兩次隨便亂翻別人的行李，你也未免太……」

「等，等一下。你是不是誤會了什麼？在那之後，我並沒有碰過你的東西……」

「你少裝蒜了！你要調查幾次都沒關係，但至少在那之前，你必須先徵詢過我的同意！我這個人很神經質，所以最討厭別人亂碰我的東西了！」

「牧野先生。」

由利大師從旁淡淡地說道。

「這麼說來，有人動過你的行李囉？」

「對。有人翻動過我的行李箱。他的手法很高明，乍看之下是不會發現的。可是我總是將行李整理得有條不紊，如果被人動過，我馬上就會知道。」

由利大師伸手將刑警招過來。

「你可不可以到牧野先生的房間，將他的行李箱提過來。牧野先生，可以吧？這種事情非得查個徹底才行……」

牧野吃驚地瞪大雙眼，倒沒反對。刑警立刻走出房間，不久之後，提著牧野先生的行李箱走了進來。

「牧野先生，我可以調查一下你的行李箱嗎？」

牧野先生挑起眉毛，一語不發地取出鑰匙。由利大師打開行李箱，裡頭果然像牧野先生說的一樣，整理得異常整齊。行李箱裡面裝的淨是些內褲、襪子、簡單的化妝工具等，一般男人在旅行時所需的物品。由利大師將它們一一拿出來放在桌面上，每拿出一樣，牧野先生就會不悅地抖動一下眉毛。好不容易，行李箱裡總算一樣東西也不剩。

「有什麼不對勁的嗎？」

牧野先生不屑地冷笑道。

「沒有，除了指揮棒之外。」

由利大師從行李箱中拿起指揮棒，胸有成竹地一笑，然後轉頭看著牧野先生。

「牧野先生，你的指揮棒是中空的吧？」

「嗯，是的。一般的指揮棒都是做成這個樣子。不過這隻是我特別訂做的，比一般的稍微長了些。」

「噢，這樣啊。那麼請你揮揮看這支指揮棒。」

牧野先生再度繃緊他那張神經質的臉，一語不發地從由利大師手中奪過指揮棒。拿起指揮棒的那一瞬間，牧野先生的臉上閃過一絲驚訝的表情。他瞪大雙眼，歪著脖子，將指揮棒在耳朵旁揮了揮，突然改以狐疑的眼神看著由利大師，接著慌張地扭轉著指揮棒的一端。指揮棒似乎是中空的，兩端以栓塞堵住。牧野先生取下栓塞之後，將指揮棒放斜，一串珍珠項鍊就這麼溜進他顫抖的手中。

那一瞬間，房間裡掀起一陣風吹過蘆葦般的嘈雜聲。警部踢開椅子站起來，抓住牧野先生的左手。牧野先生發出一聲尖叫。

「噢，等等！淺原，你等等。」

由利大師抄起牧野手中的項鍊。

「淺原，牧野先生，請你們都回到位子上。原先生，這是尊夫人的項鍊沒錯吧？」

原聰一郎先生將項鍊拿在手上看了看。

「我想應該是吧。不過，這種事情女人家比較懂。相良小姐，妳看呢？」

「嗯……。的確……，是老師的項鍊沒有錯。」

相良顫抖著肩膀，話聲斷斷續續地。

牧野先生含糊不清地叫著。

「不是我，不是我！我什麼都不知道。一定是有人想嫁禍給我才這麼做的。」

「嗯，也許你說的對。不過這件事情不管是誰做的，其實這串項鍊原本不是藏在這裡的，至少在昨天傍晚之前不是。」

「昨天傍晚之前？」

警部不敢相信地問道。

「嗯，是的。因為昨天傍晚之前，這串項鍊是藏在蓮見的長號的通氣管裡。」

疑惑的叫聲再次在人群中響起，那種聽似風吹過蘆葦般的嘈雜聲比剛才更大了許多。

「這樣說的話，你們應該知道雨宮為什麼會遇害了吧？犯人昨天傍晚從長號裡取出項鍊的時候，正巧被雨宮撞見。之後犯人才會將它改藏在牧野先生的指揮棒裡面。」

「由利，犯人到底是誰？聽你的語氣，你好像已經知道犯人是誰了。」

聰一郎先生說話的語調立刻恢復了生氣。他目光一一掃過在場人士的臉。

「你懷疑的是志賀嗎？土屋？還是小野？牧野？不不，你該不會是懷疑我……」

聰一郎先生每唸出一個人名，我就會看著那個人的臉。然而，就算犯人躲在這些人當中，但從他們臉上的表情看來，我實在無法立刻指出犯人是誰。表現得異常恐懼的小野說不定是清白的，任人處置的志賀先生說不定反而才是奸詐狡猾之徒。土屋面不改色，牧野先生不停地咬著指甲。而自己說大師懷疑他是犯人的聰一郎先生難道就不可疑嗎？

由利大師沒有馬上回答他的問題。大師的習慣還是跟以前一樣，從剛才就一直叼著菸斗。現在大師又做了一個奇怪的動作，他從嘴裡拿下菸斗，再從背心口袋裡拿出一條黑色的繩子，將它對折後套在菸斗前端的菸袋上，然後以左手手指不停地轉動菸斗。菸斗每轉一圈，掛在菸袋上的繩子就會攪緊一點，越攪越緊、越攪越緊。大師究竟是有意這麼做，還是隨興玩弄呢？從大師的臉色中我看不出來他的意圖是什麼。大師的右手手指捏住繩的一端，左手手指不停地轉動菸斗。眾人以不安的眼神，盯著大師雙手手指的動作。

就在這個時候，桌上的電話鈴聲大作。

大師將菸斗和繩子放在桌上，急忙拿起話筒。

「大師嗎？是由利大師嗎？我是島津，現在在曙公寓哩。」

我嚇了一跳。但嚇著我的卻不是因為聽到島津的目的地是曙公寓，而是因為島津尖銳的聲音竟從擴音器裡放出來，清晰地響徹整間房間。

「大師！」

我從旁提醒他，但大師卻示意要我別說話。

「噢，那麼我拜託你的事情……？」

「我找到哩。果然就像大師說的一樣，曙公寓住戶共用的砂包都是堆在樓梯間或走廊的角落，每個小組共用三十個。二十日上午十點左右，各小組組長才剛檢查過砂包的數目，據說當時每一組清點出的數量都是三十個，不多也不少。然而，經過我剛才的調查……」

「經過你剛才的調查……」

「每一組都增加了五、六個砂包哩！而且，全都是曙公寓的居民沒看過的砂包……」

「那麼，你秤過那些砂包的重量了嗎？」

「秤哩。目前發現的已經超過六十公斤了，而且可能還有一些砂包沒找到。」

「謝謝你。麻煩你請管理員好好保管那些砂包，我會請淺原馬上從這裡趕過去……」

大師掛上電話之後，目光銳利地看了所有人一眼，得意地笑了。接著一語不發地繼續用手指把玩著菸斗和繩子。

眾人沈默得就像一堆石頭，完全沒有人開口說話。無庸置疑的，大家都聽見了剛才的對話，以驚惶不安的眼神窺探著彼此。

砂包、砂包、砂包？公寓裡的住戶都沒看過的砂包，二十日上午十點之前不在公寓裡的砂包，全部聚集起來超過六十公斤的砂包？

由利大師不停地轉著菸斗。右手捏住的繩子在不停地攪緊之下，產生無數交叉纏結，繩索已經攪得死緊，菸斗再也轉不動了。

就在這個時候……

大師以右手食指和大姆指緊扣住繩索末端，放開了原本抓住菸斗的左手。大師手一放開，菸斗就像陀螺一般，在繩索前端轉個不停。菸斗轉呀，轉呀，轉呀轉。隨著菸斗不停旋轉，原本攪得死緊的繩子逐漸恢復原狀。過了好一會兒，繩索幾乎完全恢復了原狀。在那一瞬間，原本以菸袋那端掛在繩圈上的菸斗從繩圈中滑落，咚地一聲掉在地上。

「哇哈哈哈！」

由利大師突然發出足以撼動房間的大笑聲。

「總而言之，在攬緊的繩子恢復原狀之前，犯人有足夠的時間逃跑。哇哈哈哈！」

噹！不知道是誰對著天花板上的電燈丟了什麼東西，燈光立即熄滅，玻璃碎片如冰雹似地降下。黑暗中伸手不見五指，傳來陣陣驚叫聲。尖叫的人們絆倒椅子，四處亂竄。

我本能地立刻衝向窗邊。就在我走到窗邊的時候，有一個人將我身體往後一撞。

「是誰！」

我將手搭在對方的肩上。那一瞬間，一記力道強勁的拳頭往我的下顎擊來。要是正面被打到，恐怕我會昏迷得不省人事吧。我怒上心頭，同時直覺地想到，恐怕這傢伙就是犯人。我猛然地撲向對方，揪成一團在地板上翻滾。起初我吃了不少悶虧，他的拳頭不住往我身上打來，甚至還用牙齒咬我。但到最後，這傢伙終究不是我的對手。

「三津木，你沒事吧？」

「沒事，我現在把他制伏在地上了，請給我燈光。」

一片黑暗中，我才剛聽見一陣混亂的腳步聲衝進房間，下一秒鐘，身邊已站滿了刑警。他們拿著手電筒，數道光芒倏地照在被我壓在地上的男人臉上；照在束手就擒，緊閉雙眼的梅菲斯特——土屋恭三的臉上……

CHAPTER 8

終曲

話說……

寫到第二十章的時候，我帶著原稿來到國立造訪許久不見的由利大師。目前令我仍感到遺憾的是，土屋先生那本內容精采的手記沒有結尾。他招認了所有的罪行，但他還未將自己的所做所為寫在手記上，就在單人牢房中服下氰酸鉀自殺了。他所服用的氰酸鉀，正是他請佐伯淳吉替他將行李箱拿到東京車站寄放時，他謊稱是暈船藥，送給可憐的佐伯淳吉的謝禮。至於他為什麼能將毒藥帶入牢房，這個問題目前懸而未決。

當我將寫好的原稿請由利大師過目時，大師一看到稿子就得意地笑了。接著大師叫來年輕的夫人，對她說：

「妳瞧，三津木寫好小說了。」

夫人一看到原稿上的標題，便瞪大了雙眼。

「蝴蝶殺人事件！哎唷！這不就是那起命案嘛。真是的，你一定把我們的事情也寫進去了吧？」

「所以我一開始不是講了嗎？三津木寫的一定是色情小說啊。他一定連妳女扮男裝、東京大阪兩頭跑，搞得警方暈頭轉向的事蹟也洋洋灑灑地寫了進去。」

「哎喲，真是的，三津木先生，你還記得呀。」

千惠子夫人……，也就是從前那位相良千惠子，她假裝瞪了我一眼，隨即感慨萬千地說。

「可是，每當想起當時發生的事情，我就覺得好難過，為老師感到可憐與不捨。在那件事發生之後，我一想到自己的將來不知該何去何從，就擔心的不得了，畢竟老師對我而言是重要的精神支柱。」

「是啊，原櫻女士真是偉大，她是很多人的精神支柱。最依賴原櫻女士的其實就是土屋恭三了。他大概是認為，如此依賴原櫻女士的自己不會受到警方的懷疑。這傢伙在手記當中，未免太過強調自己很依賴原櫻女士這一點了。」

「就是啊，大師。」

我向前更靠近大師一點，看著大師說道。

「其實這本小說尚未完工，我只寫到我制伏土屋恭三的部份而已。這本小說就性質而言屬於偵探小說，所以在那之後必須加上大師的推理過程。雖然當時曾聽大師講解過，但事隔多年，我想還是再來請大師解釋一遍比較清楚，所以今天才會前來叨擾。大師之所以將目標鎖定在土屋，應該是因為那本手記，對吧？」

「沒錯。那麼就讓我一邊回想當時的情景，再為你上一課吧。千惠子，麻煩妳去泡個茶來。」

於是我們一邊喝著千惠子夫人泡的茶，一邊聽大師為這本小說下結局。

「那本手記給了我兩個暗示。首先是充斥在整本手記中的語調，或者該說是氣勢，總之就是一種氣氛。你最近又看了一次那本手記，應該記憶猶新才是，那些文章中帶有非常強烈的自我解嘲意味。不，與其說那是自我解嘲，應該更接近自曝其短。而且從全文的結構看來，那並不僅只是寫下自己的所見所聞而已，作者的目的就是希望有人看到那本手記。這一點我們可以從小野不小心走進他的房間時，手記是攤開的來證實。經紀人是所有團員的中心人物，他完全無法預料誰會在什麼時候進來自己的房間。我認為土屋不可能不清楚這一點，但他卻將手記攤開擺在桌子上，由此之見，他是想要讓人看到那本手記，所以大剌剌地放在桌子上也無妨。

假設他是為了讓人看才寫下那本手記，那麼手記中那些自我解嘲、自曝其短的語調就變得更加可疑了。不管怎麼說，我認為喜歡自我解嘲、自曝其短的傢伙就像蟲子般不討人喜歡，精神健全的人應該不會這麼做，畢竟，只要是人，任誰都該保有一定的自尊心。再說，土屋在手記中的自我解嘲方式有一點很卑鄙，那就是他絕對不會寫到任何原聰一郎先生和小野龍彥的壞話，因為這兩個人很有錢，將來有助於自己。不但如此，他還格外巴結聰一郎先生，這點實在太明顯了！所以我是這麼想的，這本手記擺明了就是為了自己將來前途所寫的，而寫這本手記的土屋，則是一個壞到骨子裡的男人……」

由利大師說到這裡，喝了一口千惠子夫人倒的茶潤潤喉。

「好，問題就出在項鍊上了。兇手在一個月之前就開始計劃那起殺人案了，對吧？當然，當他一個月前在曙公寓租房子的時候，計畫應該還沒有那麼詳細、周延。至少，當時他一定還不知道佐伯淳吉要出國。但不管怎樣，他在那棟公寓租下一間套房，的確是為了將它用在殺人計畫中。然而，你認為兇手在當時就已經想到要盜取項鍊了嗎？這點無疑是否定的。兇手原先只打算殺害原櫻女士，處心積慮想弄出一個精心設計的殺人計畫。然而，一旦殺害原櫻女士的奸計得逞，看到她身邊有一串價格高昂的項鍊，兇手自然出自本能地想要盜取項鍊。我想這件事情充分地反映出了兇手的性格。

在原聰一郎先生和小野龍彥身上我看不到這種劣根性，至於牧野先生和志賀又是如何呢？我經過深入觀察之後，認為他們兩人也沒有這種順手牽羊的壞習慣。所以具有這種劣根性的就只有土屋一人。這也就是為什麼他會被我盯上的第一個原因。當然，我也警惕自己，不可以受到這種先入為主的觀念所局限，但那本手記上另有一項重大暗示……」

由利大師翻開土屋的手記。

「你瞧，就是這裡。關於原櫻女士的屍體在低音大提琴箱裡發現的那一段，土屋是這麼寫的——原櫻這個女人，她的日常生活本身就像是一齣戲，不管在什麼情況下，她都不會錯過出場亮相的最佳時機。——事後聰一郎先生和千惠子都為這一點背書，但是這和當初原櫻女士低調地抵達大阪一事豈不矛盾？畢竟像他們這種靠觀眾支持來維生的職業，每到一地進行演出時，一定會搞些拉攏人氣的噱頭，更別說是大阪這個大都市了。而且原櫻女士天性喜歡被眾人捧在手心裡，從這兩點看來，當時原櫻女士抵達大阪的情形未免太過低調了。按照行程表，只有她的先生和千惠子與她作伴，沒有人前去迎接，而且一到大阪車站就直接前往D大樓飯店，這樣的安排與原櫻女士的個性非常矛盾，她不可能接受。就實際狀況來看，其他人隔天抵達大阪時受到了十分盛大的歡迎，但是重要的女主角，而且是喜歡大排場的原櫻女士，竟然那麼低調地抵達大阪，她應該不可能就此罷休才是。」

「是啊。當時我也曾覺得很不可思議。不過，老師她要是坐夜班火車，隔天便無法唱出美妙的歌聲這點倒是事實，所以老師是不得已才放棄跟大家一同前往大阪。」

「原櫻女士如果是這樣就會放棄的人，就不會發生那種悲劇了，兇手就是算準了要利用她那種倔強的個性。總之，我認為這並不像是原櫻女士的作風。而且不禁會讓我想到，原櫻女士對此沒有表示任何不滿或抱怨，她應該另有打算吧。光靠原櫻女士自己一個人，要獨自低調地進入大阪，再讓世人大吃一驚，這是絕對無法辦到的。她當然需要一個商量的對象，至於這個對象會是誰呢？當我想到這件事情的時候，最先浮現在我腦海裡的是千惠子，就是妳。妳跟原櫻女士一同從東京出發，而且又扮演她的替身，當時我想妳一定也知道那個惡作劇。」

「哎，老爺你要那麼想，我也沒辦法。畢竟，老師從品川下車的時候，我就很清楚老師她一定又在惡作劇了。就是因為知道她是在惡作劇，所以我才會幫她。」

「嗯。這麼說來，也難怪我會懷疑妳了。但是就算原櫻和相良千惠子一同進行這場惡作劇，光靠這兩個人還是不可能瞞過眾人耳目，無論她們的惡作劇內容是什麼，她們一定還需要一個男人，一個具有洽公能力的男人。如此一來，我自然想到了經紀人土屋恭三，在這種情況下，經紀人可說是最好的商量對象。再說，土屋比眾人早一步前往大阪，因此他身為共犯的可能性大幅地提升。」

我不發一語地點點頭。由利大師的提論完全正確。

「好，假使土屋參與了原櫻女士的惡作劇計畫，你再看一次那本手記，上頭隻字不提這件事。換句話說，土屋至少隱瞞了這件事情，那麼，難保他沒有隱瞞其他的事情，不是嗎？不，搞不好那本手記從頭到尾都是胡說八道。他的個性那麼卑劣，也難怪我會這麼想了。」

我又點了點頭。由利大師繼續說道。

「好，手記的部分就說到這裡，接下來我們來談談那個暗號。三津木，當我解開那個暗號的時候，我應該曾經這麼對你說過吧？像原櫻女士這樣身份地位的人，會使用如此簡單的暗號只有一種解釋，也就是說，訊息是給對音樂完全不懂的門外漢看的。我這麼說過，是吧？當時我所說的門外漢是指我們，以及警方。也就是說，兇手打從一開始，就希望警方發現那個暗號，進而解讀，才會將它留在那裡。我會這麼想是有理由的，兇手從手提包中偷走項鍊，卻將那張樂譜留在手提包裡？兇手理應看到了這張樂譜，但他卻沒將它撕碎，也沒有將它丟棄，而是將它留在原處，這一定是因為他希望我們發現！」

「說到那張樂譜，是誰在東京車站將它交給原櫻女士呢？」

「沒有人。是原櫻女士故意將它弄掉，讓人錯以為是別人交給她的。這件事在我一開始聽到事件的經過時，就已經隱隱察覺到了。聽完聰一郎先生的話之後，更加堅定了我的想法。那天，是商會的N先生留下了原本要跟原櫻女士和千惠子一起從東京出發的聰一郎先生，據說是原櫻女士向N先生要求，請他配合她的計畫。這下我才總算確信是原櫻女士在惡作劇，而且在月台上弄掉樂譜的人也是原櫻女士她自己。最後，我將千惠子……，共犯相良千惠子列入考慮範圍，才確定自己的推論是對的。」

千惠子夫人老實地點點頭。

「好，回歸正題。假使那張樂譜是兇手為了讓我們破解而留下來的，兇手究竟是為了什麼？不用說，他自然是想要將我們的偵察焦點轉移到清風莊，這也告訴了我們，清風莊並不是命案現場。而且你也知道，曙公寓那間套房裡的砂包線索有個時間上的重大矛盾。兇手何等狡詐，要是他真的是在東京殺人，再故意設計讓人以為他是在大阪犯案，他只要再小心一點應該就能避免產生這種矛盾才是。換句話說，那個矛盾是他故意弄出來的。也就是說，那是他為了讓警方的調查焦點從曙公寓那間套房抽離而設下的圈套……。總而言之，像那樣的矛盾越多，我們越要小心行事，千萬不能上了兇手的當。」

「即便如此，大師還是不辭千里，從大阪跑到東京一趟？」

「那有什麼辦法，我又沒有超能力。我是看了土屋的手記之後，才描繪出這起命案的面貌。而且我是在前往東京的火車上才仔細看那本手記的，要是我早一點看的話，說不定東京行就不至於白跑一趟了。每當我一想到雨宮可能因此倖免於難，我就覺得非常遺憾。不過，還沒看那本手記之前，我就已經懷疑命案現場可能是在大阪。我之所以會這麼想，是因為那個暗號未免太容易破解了。另一個原因則是那個行李箱，假使兇手真的是在東京犯案，依照案件中顯示出的兇手性格，他就算想盡辦法，拼了命也應該會讓那個行李箱從我們的視線中消失。兇手是個聰明人，只要他想這麼做，他一定做得到。然而行李箱卻那麼輕易地出現在我們的眼前，這線索未免也太容易被發現了。從這點看來，我們不難發現兇手想利用與樂譜線索相同的手法引起我們的注意。我當時是這麼想的，事實上，那個行李箱當中除了玫瑰花瓣跟砂子之外，毫無證據可證明屍體是被兇手塞進箱中，寄到大阪來的。兇手可以在曙公寓裡再將玫瑰花瓣和砂子裝進行李箱，至於重量，只要裝進其他的東西就可以矇混過去。不過在看過那本手記之前，我還不敢確定這一點，這起事件的命案現場不管是在東京或是大阪都說得通，所以我才那麼在意兇手在東京要給我們看的到底是什麼，因此決定跑一趟去看看。」

我一語不發地點點頭。大師是個有一分證據說一分話的人，除非調查結果能夠讓他接受，不然就算繞再多的遠路，他也要調查到底，否則絕不善罷甘休。

「我說過很多次，我絕對沒有超能力，真要說我跟其他人的不同之處，應該是我一旦發現什麼可能性就絕不放手。在這一起命案當中，命案現場最初的可能性就是在大阪。然而，兇手卻用種種詭計，設計許多線索指向東京，導致警方完全忘了兇手在大阪犯案的可能性。這就是我跟警方不同的地方。即便是東京的可能性增加的時候，我還是不忘兇手在大阪犯案的可能性，不斷衡量東京和大阪兩地的可能性孰高孰低。

至於為什麼我會一面死咬著大阪是命案現場的可能性不放，卻又非要證明原櫻女士無法在十九號晚上九點到十一點之間抵達大阪不可呢？這是因為，除非我確定證明這件事不可能發生，否則我不會捨棄命案現場在大阪的可能性。然而，調查結果卻指出，原櫻女士當天晚上絕對沒有搭乘之後那班於九點多抵達大阪的火車。於是，我將焦點鎖定在客機上。當我前往東京的時候，我請等等力警部調查十九號的客機旅客名單，你也看到了那封等等力警部回覆的電報。然而，當時那個回覆對我已經變得無關緊要了，因為當時我已經知道原櫻女士一定是搭乘九點多抵達的火車來到了大阪，車掌和服務生之所以沒察覺，是因為原櫻女士女扮男裝的緣故。千惠子，其實告訴我這件事情的，是妳。妳不但告訴我原櫻女士曾女扮男裝的事，還告訴我那套衣服與舞台服裝一同被帶來。連妳都覺得那套衣服被放在舞台服裝當中很不可思議，可見其中一定有蹊蹺。也就是說，是某人特意將它藏在那裡的。我想，原櫻女士應該是穿這套衣服抵達大阪的。」

「這麼說來，我一時興起的冒險也不是毫無助益的囉？」

「那當然。妳的無心之舉，不但告訴了我事情的真相，還洗清了妳犯案的嫌疑。妳當時的告白，一口氣化解了我對妳的疑慮，與對妳為什麼要女扮男裝的不解。」

千惠子夫人有些尷尬地笑了。

「如果要徹底追查兇手在大阪犯案的可能性，就非得追究那個行李箱裡裝了什麼。兇手究竟在其中裝了什麼呢？他又是怎麼處理掉裡面的東西？我不得不坦白說，這件事困擾我到最後一刻。這世上再沒有比人的聯想力更可悲的了。說到人，而且是相當於穿著衣服的人的重量的話，我們不自覺就會想到體積龐大的東西。二十號早上，兇手真的很忙，公寓是個相當多人出入的地方，兇手是怎麼將那麼大的一個東西，神不知鬼不覺地處理掉的？這件事情一直到整件命案落幕，都還深深困擾著我。我之所以能夠發現真相，都是因為行李箱裡的砂子。我們……，不，我一開始是這麼想的，兇手利用砂包擊昏原櫻女士的那一瞬間，砂包破裂，弄得原櫻女士全身是砂，所以那個行李箱裡的砂子是為了讓人以為那個行李箱是用來運送屍體，才裝進去的。之後我突然驚覺，逆向思考似乎也說得通。也就是說，兇手是為了讓人以為那個行李箱是用來運送屍體，才將屍體身上弄得都是砂子。換句話說，應該是行李箱中先有砂子，而不是屍體身上先有砂子……

當我發現這一點的時候，我覺得我的耳邊彷彿響起了勝利的號角聲。兇手將砂子裝進行李箱裡帶來，既然是砂，就能夠分裝在砂包中。曙公寓裡到處都堆滿了砂包，砂包的數目就算多了一、兩成，也不會有人察覺，我猜兇手是這麼想的。在行李箱運送的途中，難保箱中的砂包不會破，就算沒破，砂子也有可能從砂包裡漏出來。可是要將砂子完全打掃乾淨實在不太可能，更何況在二十號早上兇手要處理的事那麼多，哪有閒工夫仔細清理行李箱中的砂了呢？只要行李箱裡留下一粒砂，就有可能被警方看出真相。兇手為了不讓警方發現，於是反其道而行，乾脆將砂子留在行李箱裡，讓警方以為砂包就是擊昏原櫻女士的兇器。仔細一想，雖然原櫻女士後腦杓的傷勢是鈍器所為，卻不見得一定是砂包所造成的，所以我懷疑兇手是用別的物品襲擊原櫻女士，再故布疑陣，讓警方以為她的傷勢是砂包所造成的。因為以實際運用上來看，將砂包當作凶器使用這種作法未免太過奇特。再說，兇手的思慮如此慎密，竟然沒有先準備凶器，而是使用恰好在手邊的砂包，這實在不太合乎整件命案的狀況，倒不如照我提出的想法還比較合理。也就是說，兇手之所以將原櫻女士的屍體弄得全身是砂，是為了要掩飾裝在行李箱裡面的砂……」

「原來如此。於是大師您請島津實際到現場跑一趟，查證了這一點，是嗎？」

「正是。這樣我們就解決掉行李箱裡面裝的是什麼東西這個問題了。再一個問題，寄送行李箱的人是誰?那個行李箱是在十九號晚上，在東京車站託運的，當時土屋人在大阪不容置疑。這種計畫性犯罪的兇手通常都不會有共犯，因為那只會使東窗事發的危險性加倍而已。就這一點而言，土屋相信自己安全無虞，不會有人給自己扯後腿。哼，可惜志賀的告白，幫我解決了這個最後的難題。既然佐伯淳吉是搭十九號的夜班火車從東京出發，他跟歌劇團一行人搭的說不定是同一班火車。那班火車在二十號抵達大阪，當時土屋前往車站迎接他們，照理說他應該會遇見佐伯，那麼他就可從佐伯手上拿到行李票。佐伯和土屋不但是從前同穿一條褲檔的好友，而且……，而且佐伯之後傳出在船上服毒自殺的消息，雖然一般人相信他是自殺，但他並未留下完整的遺書，其實壓根兒沒有證據可以證明他真的是死於自殺。當我想到這裡，不禁對兇手的凶殘性格感到不寒而慄。」

由利大師說得頭頭是道。但是兇手真的對原櫻女士恨之入骨，非得致之於死地嗎?而兇手又有什麼理由非殺雨宮滅口不可?再說到兇手利用佐伯淳吉，將他作為殺人工具一事，如果兇手只是因為害怕佐伯洩密而殺了他，那還有什麼人比這名兇手更殘酷無情呢?

「嗯，我大概知道大師的推理過程了。那麼，請您依照兇手的計畫步驟，從頭再說明一次。」

「嗯……」

大師吸了一口愛用的菸斗，開始娓娓道來。

「在那之前，應該先仔細想想兇手的犯罪動機。關於土屋恭三為什麼要殺害原櫻女士，我實在很難講出一個能夠讓人信服的具體動機。如果我們僅從物質面考量，原櫻女士的死，反而不利於兇手。既便如此，土屋還是幹下了那種泯滅人性的事情。歸根究底，我只能說他們天生相剋。據千惠子所說，原櫻女士是一個不按牌理出牌，愛撒嬌又任性的女人，不過她的為人其實相當和藹可親。但是一旦她心情不佳，翻臉比翻書還快也是個不爭的事實。再加上她具有偉大藝術家經常帶有的傲慢特質，對於某些人來說，像她這種人非常難討好。這種人的傲慢是令人難以忍受的，想要配合這種人的步調，就必須讓自己成為一個逢迎獻媚的小人。這種並非出自內心的討好，不禁讓土屋對原櫻女士感到雙重的憤怒。就算原櫻女士真的是一個和藹可親的人，她對人親切的個性也會成為土屋不滿的原因之一。因為身為原櫻女士的經紀人，就算他對人發牢騷，也沒有人會對他寄予同情，反倒是會有很多人跟原櫻女士站在同一陣線……。這一點一定也是讓土屋受不了的原因之一。總而言之，就算土屋生性兇殘無情，如果對方不是原櫻女士，也許他就不會殺人了。或是說，就算原櫻女士任性刁蠻，如果對方不是土屋，也許她就不會被殺了。總之這只能說是一個巴掌拍不響。

再者，我們也可以從另一個觀點看這個案件，就是兩個人的演劇經驗。土屋過去曾是原櫻女士的前輩，早在原櫻女士尚沒沒無聞的時候，土屋就已經是家喻戶曉的歌劇名角了。然而他的聲勢卻一日不如一日，最後甚至當起晚輩的經紀人，所以他才會經常感到不是滋味吧。從那本手記看來，土屋大概有被虐傾向的性格，不過，那種性格卻不是土屋原本的個性，而是當上原櫻女士的經紀人，在世上闖蕩之後，不知不覺間成了他保護自己的盔甲。這一點對這個案件來說很重要，像他這種人，要是被人無心地一再羞辱，終有一天會爆發。我想就是這股爆發的力量引起了這起悲劇。總之這是藝術家的悲劇，兇手和被害者都是藝術家。兇手忘記自己的利害得失，只是一味地想要抹殺掉憎恨的對象。」

「在這個世上，經常存在著這種莫名其妙的動機。人並不一定會理性地計算自己的利害得失之後，才採取行動。這就是一個例子吧？」

「是啊。你說的沒錯。所以，我認為在調查命案的時候，老是想要從動機當中找到具體的事實這個想法是錯的，畢竟土屋還是失去了理智，試圖殺害原櫻女士。在一次因緣際會當中，他碰巧知道原櫻女士在清風莊裡上演那齣玩弄劇。三津木、千惠子，你們在演藝圈裡都不算是新手，應該很瞭解演藝圈的生態。例如為藝妓搬三弦琴的、或是幫演員打雜的男傭，以及藝人的經紀人，這些人的性格都有一個共通的特性——他們就像壁虱，徹底滲入了主人的生活，因為他們如果不這麼做就會無法生存下去。他們有一種本能，能夠立刻發現主人的任何祕密，主人越是想要隱瞞，他們越是緊追不放。在這種情況之下，如果土屋不知道清風莊的那件事，我反而覺得不可能。

好，那麼土屋知道清風莊的事情，他也知道小野和原櫻女士利用暗號通信。土屋深知原櫻女士和小野的個性，他馬上就知道那只是原櫻女士在玩遊戲，也知道小野對他們之間的感情深信不已。然而千惠子也知道這件事，並看穿事實真相，以及原櫻女士生理上的缺陷，這兩點都是土屋計劃中的漏洞。土屋發現清風莊的事情，便決定利用這點進行殺人計劃。不，應該說是土屋發現了原櫻女士在清風莊的遊戲，原本雜亂無章的殺人計劃才總算得以具體實現。於是土屋就此開始執行具體的殺人計劃。首先他在曙公寓裡租下一間套房，當時雖然大阪公演的日期還沒決定，但他在一個月前就已經知道要到大阪表演了，所以他想屆時將可利用這間套房。好不容易等到日期敲定，他才發現東京和大阪的公演之間只差一天。又或是，這與其說是巧合，不如說是經紀人土屋故意做的安排。接下來就是殺人計畫中的重頭戲，無法搭乘夜班火車的原櫻女士非得在十九號的早上從東京出發不可，因此她沒有辦法在大阪車站接受眾人的夾道歡迎。原櫻女士對此很不滿，而這正是土屋等待已久的好機會。我不知道土屋用什麼甜言蜜語說服原櫻女士，但他想必是先將自己知道清風莊的事情，告訴了原櫻女士，然後他再問原櫻女士，要不要利用那件事讓小野等人嚇一大跳。他八成是建議原櫻女士故意讓大家久候，讓眾人擔心的不得了，等到快開場的前一秒鐘，再女扮男裝在眾人面前亮相。原櫻女士就像聰一郎先生和千惠子說的一樣，她是一個長不大的孩子，對於這種惡作劇總是樂此不疲。讓大家為她操心，然後再突然跑出來，還有什麼遊戲比這更能討原櫻女士的歡心呢？於是原櫻女士輕易地上了土屋的當。

如此一來，一切就如土屋所願，他因此寫了一個縝密的劇本。土屋製作了一張藏有暗號的樂譜，將其交給原櫻女士，然後將所需的砂包塞入行李箱，暫時寄放在東京車站。不用說，在此之前他已經在清風莊的房間裡撒滿了一地的砂，在砂上留下曾放置行李箱的痕跡。準備好之後，他便請佐伯淳吉幫他將行李箱拿去託運。我不知道他用什麼藉口欺騙佐伯，但要編個理由欺騙佐伯那樣純情的人想必不會太難。一切準備就緒之後，土屋再一副什麼事都沒發生的樣子，於十八號晚上從東京出發。到了隔天，原櫻女士當然不知道土屋的心機那麼深，於是便按照他寫的劇本，先阻止丈夫與她同行，然後在東京車站弄掉樂譜，好讓別人以為是人家交給她的，之後再從品川下車，前往清風莊。她早就將女扮男裝所需的衣服放進行李箱，帶到清風莊。於是她換上那件衣服，並將原本穿的衣服塞進行李箱帶走。她八成就是在那個時候將小野送給她的玫瑰花束，跟著衣服一起塞進行李箱的吧。接著她搭乘下一班火車，從品川出發往大阪。當時在清風莊的那間房間裡，早已灑滿了砂子，但因為被沙發及地毯蓋住，所以原櫻女士才沒發現。但就算她發現到這一點，也不會想到其中竟具有如此重大的意義。如此這般，女扮男裝的原櫻女士在十九號的晚上九點多抵達大阪車站。土屋到車站去迎接她，帶她前往曙公寓。我想這應該也是惡作劇的一部分，原櫻女士對此完全不起疑心，她八成就像個在玩捉迷藏的孩子般，滿心雀躍不已。土屋將原櫻女士帶往曙公寓，讓她再次換裝，接著趁她不注意的時候將她擊倒，然後將她勒斃。他將原櫻女士的身體捆綁成能塞進行李箱的姿勢，暫且藏在衣櫃中。這就是十九號晚上，土屋的所有行動內容。

另一方面，當時佐伯淳吉毫不知情地在東京車站，從車站人員手中接過行李箱改交給託運人員。二十號早上，佐伯跟歌劇團的一行人搭乘同一班火車，經過大阪車站。於是土屋從佐伯的手裡接過行李票，並交給他氰酸鉀作為謝禮。當然，土屋不可能告訴佐伯那是毒藥，只騙他說那是暈船藥。接著，土屋以樂譜將小野引到寶塚，並打了一封假電報讓志賀趕往箕面。土屋之所以將他們兩人引出來，當然是為了讓他們無法提出不在場證明。不過，引開志賀還帶有另一層涵義，那就是為了防止他跟佐伯見面。要是佐伯跟志賀見面時一個不小心說漏了嘴，提到行李箱的事情，這將會破壞土屋的計畫。那麼在那之後發生的事情就不用我多說了吧？土屋分別領取低音大提琴箱及行李箱之後，先將原櫻女士的屍體塞進低音大提琴箱，再將砂包從行李箱中取出，分散到公寓裡各個放置砂包的位置，並將玫瑰花瓣放進行李箱中，將這兩個箱子各別送到各自該去的地方，這就是土屋幹的所有好事。

在這件命案當中，有兩件事最讓我不得不為兇手的狡黠感到讚嘆。第一，兇手讓被害者為自己做出不在場證明。也就是說，兇手為了讓警方以為命案現場在東京，自己不動而是策使被害者偽裝後移動。第二，兇手選擇低音大提琴箱做為運送屍體的容器。土屋自己也有提到這件事情，他利用低音大提琴和屍體的重量不同，讓警方誤以為屍體並不是在東京就被放進琴箱裡寄出，而是先使用行李箱，在大阪才將屍體塞進琴箱的。也就是說，他一開始先讓自己被警方懷疑，再讓警方漸漸解除對自己的疑慮，最後再證明自己是清白的……。土屋是如此算計的。總而言之，他為的是讓自己不再受到警方懷疑，這種狡黠證明了土屋可不是省油的燈。」

「嗯，從製造殺害雨宮的不在場證明的手法當中，我們也可以看到土屋的狡詐之處。」

「沒錯。不過，那種奸計應該不可能在一瞬間想到，土屋一定早就想好萬一被警方懷疑的時候，可以利用排水管脫身。那天晚上，當他看見低音大提琴手川田和長號手蓮見在餐廳裡喝酒的時候，八成是認為機不可失，便趁機到他們房裡取出他先前藏在長號裡的項鍊。豈知就在他取出項鍊的時候，不小心被雨宮撞見，因此他才痛下殺手。

當然，他去拿項鍊時小心謹慎地戴上了手套，所以現場才會只留下雨宮的指紋。土屋在殺害雨宮之後，用川田的外套將他包起來，抬到五樓，接著就地找了條繩索，將繩索掛在窗外遮陽板的鐵柱上，再讓雨宮的脖子吊在繩圈上。為了避免繩索在屍體上留下勒痕，所以土屋就將外套裹在屍體的身上。準備就緒之後，土屋便不停地旋轉屍體。屍體每轉一圈，繩索就會絞緊一點，直到繩索已絞緊到屍體再也轉不動的時候，土屋旋即爬上水管預備下滑。在擺好這個姿勢之前，他先用單手支撐屍體，以免屍體轉動。接著，在他放手下滑的同時，屍體就像一顆陀螺般，開始不停旋轉。隨著繩索逐漸恢復原狀，綁緊屍體的張力也逐漸散去。

就在張力頓失之際，屍體受到重力吸引，便從繩索下滑往地面墜落。

屍體先是撞到四樓的窗玻璃，弄碎玻璃之後再往下跌落。當牧野聞聲衝進房間，警部從樓下的窗戶往外看的前一刻，兇手正好滑至地面。兇手緊接著從後門衝進飯店，站在警部所在的那間房間門口……。也就是說，在這種情況下，兇手算準了繩索恢復原狀需要一段時間，他正好可以利用這段時間，製造自己的不在場證明，完成一樁完美的密室殺人案。接著，兇手趁著警方搜查千惠子下落的時候，偷偷地將那個殺人證據──繩索拆了下來。」

大師語罷，我們沈默了好一陣子。如此一來，命案的真相已解開了大半，遺憾的是，雖然藤本命案和這起殺人案無關，但這個破解本案的關鍵因素卻仍為懸案。藤本命案發生至今已有好長的一段時間，其中又經歷過戰爭，警方很擔心藤本命案恐將永無水落石出的一天。不過，說到底，那件事跟我們這場冒險並沒有關係。

最後，我對千惠子夫人說：

「對了，夫人，妳知道在這起命案當中，最讓大師頭痛的事情是什麼嗎？」

「這個嘛……，我不知道耶。除了目前說的事情之外，還有什麼事情讓我家老爺頭痛的嗎？」

「有！當然有！那就是……，相良千惠子為什麼要冒那麼大的險。相良該不會是愛上了小野，想要袒護他才那麼做的吧？一直到命案結束為止，大師可是吃了不少苦頭呢。哈哈哈！」

「你這小子！」

由利大師啐了一句。

「哎呀，討厭啦！」

千惠子夫人羞紅了耳垂。不過她同時真誠地說道：

「我並不討厭小野，甚至可以說是喜歡。不過，像他那種正直、單純又天真的人反倒靠不住，所以，我還是……」

「比較喜歡像大師這種成熟穩重的男人嗎？哈哈哈哈哈！我想也是，像夫人這樣的女人，同年紀的男人，一定不能滿足妳的。對了，聽說夫人要復出樂壇嗎？恭喜妳！」

「是啊，謝謝。因為我們家老爺答應讓我復出樂壇。雖然有點任性，可是我想要以演唱會的形式演出卡門（註）。我請小野先生扮演唐賀塞，志賀先生扮演艾斯卡米羅，大致上已經獲得了他們的首肯。你們放心，這次絕對不會再上演一齣卡門殺人事件了。畢竟，有我們家老爺陪著人家嘛……。呵呵呵呵呵。」

註——（Carmen）法國作家梅里美（Prosper Merimee, 1803-1870）原作，由曲家比才（Georges Bizet, 1837-1875）改寫為歌劇。全劇表現出愛情的自由與妒恨，情感強烈，成為世界知名的劇作。劇中女主角卡門和騎兵隊下士唐賀塞（Don Jose）相戀，卻又愛上鬥牛士艾斯卡米羅（Escamillo），引出一連串愛情悲劇。

橫溝正史重要作品發表年表

寫作時間	作品名	備註
1936～1937	真珠郎	由利、三津木系列
1946	本陣殺人事件	金田一耕助系列
1946～1947	蝴蝶殺人事件	由利、三津木系列
1947～1948	獄門島	金田一耕助系列
1948～1949	夜行	金田一耕助系列
1949～1951	八墓村	金田一耕助系列
1950～1951	犬神家一族	金田一耕助系列
1951～1952	女王蜂	金田一耕助系列
1951～1953	惡魔前來吹笛	金田一耕助系列
1955	三首塔	金田一耕助系列
1957～1959	惡魔的手毬歌	金田一耕助系列
1974	假面舞踏會	金田一耕助系列
1975～1977	醫院坡的上吊之家	金田一耕助系列
1978～1980	惡靈島	金田一耕助系列

原著書名／蝶々殺人事件・原出版者／春陽堂・作者／横溝正史・翻譯／張智淵・總編輯／陳蕙慧・責任編輯／李季穎・發行人／何飛鵬・法律顧問／中天國際法律事務所 周奇杉律師・出版／商周出版 城邦文化事業股份有限公司 台北市中山區民生東路二段 141 號 9 樓 電話／(02) 2500-7008 傳真／(02) 2500-7759 E-mail／bwp.service@cite.com.tw・發行／英屬蓋曼群島商家庭傳媒股份有限公司城邦分公司 台北市中山區民生東路二段 141 號 2 樓・讀者服務專線／02-25007718；25007719・服務時間／週一至週五：上午09：30-12：00；下午13：30-17：00・24小時傳真服務／02-25001990；25001991・讀者服務信箱E-mail／service@readingclub.com.tw・劃撥帳號／19863813；戶名：書虫股份有限公司・香港發行所／城邦（香港）出版集團有限公司 香港灣仔軒尼詩道 235 號 3 樓 電話／(852) 25086231 傳真／(852) 25789337 馬新發行所／城邦（馬新）出版集團 Cite (M) Sdn. Bhd. (458372 U) 11, Jalan 30D/146, Desa Tasik, Sungai Besi, 57000 Kuala Lumpur, Malaysia 電話／603-9056 3833 傳真／603-9056 2833 E-mail／citecite@streamyx.com・封面設計／永真急制・印刷／中原造像股份有限公司・排版／浩瀚電腦排版股份有限公司・總經銷／農學社・電話／(02) 29178022・傳真／(02) 29156275 2006 年（民 95）3 月初版・定價／280元

Printed in Taiwan

蝴蝶殺人事件

日本推理一大師一經典

SEISHI YOKOMIZO

 ISBN 986-124-592-8

國家圖書館出版品預行編目資料

蝴蝶殺人事件／橫溝正史著．張智淵譯．初版．-- 臺北市；商周出版：家庭傳媒城邦分公司發行，2006〔民95〕

面 ； 公分.（日本推理大師經典：05）

譯自：蝶々殺人事件

ISBN 986-124-592-8

861.57 95001525

請於此處用膠水黏貼

商周出版

讀者回函卡

謝謝您購買我們出版的書籍！請費心填寫此回函卡，我們將不定期寄上城邦集團最新的出版訊息。

姓名：______________________ 性別：□男 □女

生日：西元__________年__________月__________日

地址：______________________

聯絡電話：______________ 傳真：______________

E-mail：______________________

學歷：□1.小學 □2.國中 □3.高中 □4.大專 □5.研究所以上

職業：□1.學生 □2.軍公教 □3.服務 □4.金融 □5.製造 □6.資訊

□7.傳播 □8.自由業 □9.農漁牧 □10.家管 □11.退休

□12.其他 ______________________

您從何種方式得知本書消息？

□1.書店 □2.網路 □3.報紙 □4.雜誌 □5.廣播 □6.電視

□7.親友推薦 □8.其他 ______________________

您通常以何種方式購書？

□1.書店 □2.網路 □3.傳真訂購 □4.郵局劃撥 □5.其他________

您喜歡閱讀哪些類別的書籍？

□1.財經商業 □2.自然科學 □3.歷史 □4.法律 □5.文學

□6.休閒旅遊 □7.小說 □8.人物傳記 □9.生活、勵志 □10.其他

對我們的建議：______________________

____

____

____

請於此處用膠水黏貼